KB064063

# 히어로의 공식

**10 STEPS TO HERO**
**How to Craft a Kickass Protagonist**

# 히어로의 공식

## 10 Steps to Hero

사샤 블랙 지음

정지현 옮김

일러두기

- 본문에 예시로 든 책, 영화, 드라마 등의 경우 국내에 정식 출간, 방영된 작품은 한국어판 제목으로 적었으며, 국내에 소개되지 않은 작품은 제목을 임의 번역한 후 원제목을 병기했습니다.

이야기를 구원할

히어로가 필요한 작가들에게

차례

들어가며 뻔한 주인공 금지! → 8

**Step 1 ››**

히어로는 누구인가 14

1단계 요약 → 24 · 생각해볼 질문 → 26

**Step 2 ››**

작품의 거미줄 짜기 30

2단계 요약 → 41 · 생각해볼 질문 → 42

**Step 3 ››**

마성의 히어로 캐릭터 조형하기 46

3단계 요약 → 67 · 생각해볼 질문 → 69

**Step 4 ››**

캐릭터 원형 활용하기 72

4단계 요약 → 96 · 생각해볼 질문 → 99

**Step 5 ››**

동기와 목표 설정하기 102

5단계 요약 → 112 · 생각해볼 질문 → 113

**Step 6 ››**

캐릭터 아크와 이야기 구조 설정하기 116

6단계 요약 → 144 · 생각해볼 질문 → 146

**Step 7 ››**

최고의 갈등 증폭 레시피 150

7단계 요약 → 172 · 생각해볼 질문 → 173

Step 8 »

클리셰와 트롭 활용법 176

8단계 요약 → 184 • 생각해볼 질문 → 185

Step 9 »

이야기의 서두 쓰는 법 188

9단계 요약 → 204 • 생각해볼 질문 → 205

Step 10 »

캐릭터 업그레이드 하는 법 208

10단계 요약 → 229 • 생각해볼 질문 → 231

마무리하며 → 232

감사의 말 → 233

부록 캐릭터 성격·특징 목록 → 235 • 가치 목록 → 251 • 영혼의 상처 목록 → 254 • 추천 도서 → 256

## 들어가며

# 뻔한 주인공 금지!

"히어로는 뻔하다."

이런 말을 들어봤을 것이다. 사랑을 얻든, 성장을 하든, 세계 평화를 가져오든 결국엔 무언가 이루게 되어 있는 히어로는 아무래도 뒤틀린 욕망과 파괴적인 힘을 지닌 빌런보다 덜 흥미롭다는 뜻일 게다. 과연 히어로 캐릭터는 뻔할 수밖에 없는 걸까?

그렇지 않다! 널리 사랑받는 작품에는 반드시 독자의 마음을 송두리째 빼앗는 매력적인 히어로가 등장한다. 우리에겐 독자에게 공감과 몰입을 끌어내고, 분명한 목표와 욕망으로 이야기를 견인하는 히어로 캐릭터가 필요하다.

이 책은 그 방법을 알려주는 명쾌한 가이드다. 종이 인형처럼 개성 없는 당신의 히어로에게 살아 있는 눈빛과 카리스마를 더하고, 독자들이 소설을 읽느라 밤을 새울 만큼 흥미진진한 이야기를 만들도록 도와줄 것이다. 캐릭터의 성격과 결함, 욕망과 목표, 넘어서야 할 장애물, 캐릭터 아크까지 처음부터 차근차근 만들어보자. 끝내주는 주인공이 등장하는 재미있는 소설을 쓰고 싶은가? 그렇다면『히어로의 공식』은 당신을 위한 책이다.

당신이 다음에 해당한다면 이 책을 읽어야 한다.

- 이야기 구조와 캐릭터 아크의 기본을 제대로 알고, 캐릭터의 성격과 결함, 장애물을 주제와 맞게 설정하는 법을 알고 싶다.
- 독자의 마음을 빼앗는 주인공 캐릭터의 필수 조건을 알고, 내 이야기에 딱 맞는 캐릭터를 조형하고 싶다.

이 책에는 독자들에게 '역대급 주인공'으로 기억되는 캐릭터의 예시가 잔뜩 등장한다. 스포일러를 최소화하기 위해 되도록 널리 알려진 작품 속 인물들을 예로 들었지만, 충분한 설명을 위해 불가피하게 줄거리를 언급하기도 했다. 스포일러를 피하고 싶다면 예시 부분을 건너뛰어도 되지만, 분명 도움이 될 테니 되도록 같이 읽어주기를 바란다.

나는 수준급의 블랙 유머를 구사하는 사람이다. 책을 읽다 보면 나의 유머 감각까지 배우게 될 것이다. 작법서를 독파하며 유머 감각까지 체득할 수 있다니 일타쌍피가 아닐 수 없다.

나는 규칙을 별로 좋아하지 않고, 규칙은 깨라고 있는 거라는 말을 믿는다. 그러나 글쓰기에는 규칙이 정말로 많다. 심지어 사람마다 따르는 규칙도 제각각이다. 내가 생각하기에, 작법서들의 가장 큰 문제는 마치 오래된 법률책처럼 지루하다는 점이다. 이 캐릭터는 반드시 이래야 하고 줄거리의 흐름은 반드시 저래야 하며 이런저런 요소가 반드시 들어가야 하고 등등…. 하지만 '반드시'라는 건 없다. 물론 나도 이 책에서 '이러면(또는 이렇지 않으면) 곤란하다'라며 일종의 필수 사항을 제시했지만, 그건 그만큼 강조하고 싶다는 수사적 표현임을 알아주길 바란다. 앞으로 우리는 험난한 스토리의 세계를 함께 헤쳐나갈 테지만, 나는 당신에게 족쇄를 채우며 이 책에 나오는 모든 단계를 따르라고 요구하지는 않을 것이다. 당신이 판단하기에 필요하고 효과적인 것들만 활용하면 된다.

글을 쓸 때 '반드시'라고 할 만한 건 많지 않지만, 그럼에도 꼭 신경 쓰라고 말해두고 싶은 것이 있다. 바로 '설명하지 말고 보여주라'는 것이다. **주인공은 다음 세 가지를 절대로 직접 말해선 안 된다. 책의 주제, 자신의 깨달음, 자신의 감정.** 주인공은 대화, 표정과 몸짓, 행동으로 이 모든 것을 독자에게 은근히 전달해야 한다. 어떻게 하는 거냐고? 10단계에서 방법을 전수할 테니, 끝까지 읽어주길 바란다. 이 외의 다른 모든 규칙은 유연하게 비틀어 활용해도 된다. 우리는 독자의 주의를 돌리고, 이야기를 더욱 풍성하게 할 하위 플롯을 추가하고, 클리셰와 트롭을 영리하게 활용하는 방법을 알게 될 것이다.

유행은 신경 쓸 필요 없다. 당신의 이야기를 쓸 수 있는 사람은 당신뿐이다. 클리셰를 넣고 싶다면 넣고, 서스펜스를 추가하고 싶다면 얼마든지 그렇게 하라. 당신의 이야기와 히어로를 틀에 끼워 맞출 필요는 전혀 없다.

이 책은 총 10단계로 구성되어 있다. 처음부터 차근차근 따라온다면, 작품의 구심점이 되는 매혹적인 히어로를 만들 수 있다. 이렇게 탄생한 캐릭터는 독자의 멱살을 잡고 이야기 속으로 끌고 들어갈 것이다. 자, 당신이 언제나 원하던 바로 그 주인공을 직접 만들어 볼 시간이다.

# Step ↛ 1

# 히어로는 누구인가

"히어로hero라는 단어는 '보호하다',
'봉사하다'라는 의미의 그리스어에서 왔다."

크리스토퍼 보글러
『신화, 영웅 그리고 시나리오 쓰기』 중에서

히어로라는 단어를 보면 무엇이 떠오르는가? 배트맨이나 블랙 위도우 같은 슈퍼히어로? 그러나 스판덱스 슈트를 입고 망토를 두른 인물만 히어로인 것은 아니다. 숱한 오만과 편견을 헤치고 사랑을 지켜낸 연인, 카르텔을 무너뜨리기로 결심한 마약 거물, 정글 같은 고등학교를 무사히 졸업한 10대 청소년도 모두 히어로일 수 있다.

히어로는 특정한 능력을 지니고 선한 일을 하는 인물을 뜻하며, 주인공은 장르나 캐릭터의 특징과는 상관없이 이야기를 이끌어가는 인물을 뜻한다. 많은 소설과 영화에서 주인공은 곧 히어로이며, 히어로는 곧 주인공이다. 아마 이 책을 읽는 여러분이 쓸 이야기에도 히어로 주인공이 등장할 것이다. 따라서 이 책에서는 히어로와 주인공을 같은 의미로 사용하겠다. 주인공은 '프로타고니스트'라고도 하며, 이야기 속에서 가장 많이 배우고 성장하며 변화하는 존재다. 주인공은 이야기와 인물관계도의 중심에서 구심점 역할을 한다.

배트맨은 초능력이 없는 고전적인 '히어로 주인공'이다. 그는 평소에는 백만장자 도련님이지만 밤에는 배트모빌을 몰고 고담시로 나가 악의 세력을 물리친다. '반영웅 주인공'의 예로는 영화 〈양들의 침묵〉 속 한니발 렉터를 들 수 있다. 그는 인육을 먹는 살인마이자 매력적인 사이코패스 캐릭터로, 배트맨과는 거리가 멀지만, 두 캐릭터는 모두 프로타고니스트다.

### 히어로의 역할

히어로는 독자와 작가의 연결 고리다. 히어로는 고유한 개성을 지닌 인물이자 동시에 독자들이 보편적으로 감정이입하게 되는 캐릭터로, 그의 행동 동기(이야기 내내 그를 움직이게 하는 감정)에는 모두가 공감할 수 있다.

### 히어로는 이야기 그 자체다

히어로가 중요한 이유는 단순히 주인공이라서가 아니다. 히어로는 작품의 얼굴 그 이상이다. 이야기는 처음부터 끝까지 히어로에 관한 것이어야 한다. 빌런이 이야기의 갈등이라면, 히어로는 이야기 그 자체이기 때문이다. '이야기'는 곧 '변화'다. 아무 소설이나 영화를 떠올려보자. 그것이 무엇이든, 전부 처음과 끝이 다를 것이다(물론 예외도 있겠지만). 처음과 끝 사이의 변화하는 과정, 그것이 바로 이야기의 본질이다. 그리고 히어로는 그 변화를 겪는 인물이다. 제대로 그려내기만 한다면, 독자는 히어로와 사랑에 빠지게 될 것이다. 독자의 히어로 사랑은 본능이며, 출구가 없다.

### 전체는 부분의 합보다 크다

20세기 초, 베를린대학교의 심리학자들이 게슈탈트 심리학이라는 새로운 이론을 내놓았다. 전체는 부분의 합 이상이며, 인간은 하나의 대상을 개별 정보의 조합이 아닌 '전체적 형태'로 이해한다는 내용이었다.

게슈탈트 이론은 위 그림이 일으키는 착시 현상을 잘 설명해준다. 그림의 중앙에서 우리는 촛대의 형상을 볼 수 있지만, 사실 촛대는 존재하지 않는다. 우리 뇌가 서로 다른 색깔로 구분된 모양을 보고 새로운 현실을 추론한 것뿐이다.

히어로는 바로 촛대 같은 존재다. 히어로는 단순히 하나의 캐릭터가 아니라 주제, 여정, 행동, 변화, 결심 등 이야기를 구성하는 모든 요소의 총합이다. 독자들은 이야기의 크고 작은 요소를 모아 그보다 크고 사실적이고 형체가 있는 무언가를 만들어낸다. 오래 빠져들었던 드라마나 소설의 시리즈가 끝나면 큰 상실감이 느껴지지 않는가? 마치 아끼던 무언가를 잃어버린 것만 같다. 이게 바로 이야기의 게슈탈트이고 당신의 작품 속 히어로가 수행해야 할 역할이다.

## 히어로를 망치는 이유

소설을 쓰는 건 쉽다. 좋은 소설을 쓰는 게 어렵지. 캐릭터부터 플롯, 속도, 서스펜스까지 모든 게 제대로 맞아떨어져야 한다. 그럴듯한 문장을 때려 넣고 전투 장면 좀 추가하고 로맨스 한 국자 더한다고 독자들을 감탄시킬 작품이 탄생하진 않는다. 다음은 히어로를 망치는 대표적인 사례들이다.

### 객관성 결여

앞에서 독자들은 본능적으로 히어로와 사랑에 빠진다고 했다. 그런데 독자보다 먼저 히어로와 사랑에 빠지는 사람이 있다. 바로 작가다. 작가들은 히어로를 숭배한다. 작품에 나오는 모든 캐릭터가 작가에겐 자식이나 마찬가지지만, 히어로에게는 무조건적인 애정을 퍼붓고 싶은 충동이 든다. 하지만 사랑에 빠지면 눈이 머는 것처럼, 캐릭터에 대한 조건 없는 사랑은 객관성 결여로 이어진다. 물론 자신의 원고를 객관적으로 평가하는 건 어려운 일이다. 그러나 원고에서 한 걸음 물러나서 깐깐한 편집자에 빙의해볼 필요가 있다. 명심하라. 객관성을 잃으면 히어로는 망가진다. 독자는 이를 귀신같이 알아챌 것이다.

### 깊이 결여

작가는 히어로에게 긍정적인 특징을 마구 쏟아부으려는 충동을 느끼곤 한다. 아니, 빛나는 지성과 아찔한 눈빛을 반짝이는 내

완벽한 히어로에게 흠이 있다니, 그게 말이 돼?

말이 된다. 인간이니까. 우리의 히어로는 사랑하는 사람에게 배신감을 느껴 네 번째 손가락에 낀 금반지를 잔디밭에 내던졌다가도, 이내 허리를 굽혀 주섬주섬 다시 반지를 찾는 인물이다. 우리의 히어로는 중요한 순간을 놓치고, 후회하고, 진실을 보지 못하고, 길을 헤매는 인물이다. 요점이 뭐냐고? 독자가 히어로를 인간적으로 느껴야 한다는 거다. 어딘가에 실제로 존재할 것 같고, 이야기 속 시공간에서 살아 숨 쉴 것 같은 느낌이 들어야 한다.

자, 이제 숨을 크게 들이쉬고 원고를 새로운 눈으로 봐보자. 내가 만든 히어로 캐릭터가 어떤 인물인지 솔직하게 판단해보자. 만약 깊이가 없다거나, 일차원적이라고 느껴진다면 다음과 같은 이유 때문일 것이다.

- 절대 실수하는 법이 없을 때

항상 옳기만 한 사람을 좋아하는 사람은 아무도 없다. 태어나서 실수라곤 안 해본 사람처럼 구는 과하게 완벽한 캐릭터는 심리적 거리감만 불러온다.

- 과거와 관계없는 뜬금없는 성격

인간은 자기 역사의 산물이다. 캐릭터가 과거의 패턴과 너무도 다른 말이나 행동을 한다면 독자는 혼란스러울 것이다. 캐릭터는 어느 정도의 일관성이 있어야 설득력이 생긴다. 어떤 특성이 매력적으로 느껴진다고 해서 이것저것 다 갖다 붙이면 안 되는 이유다. 과거와 현재는 연결되어 있어야 한다. 점을 연결하라.

- 남에게 끌려다니는 히어로

중요한 결정은 항상 주인공인 히어로가 내려야 한다. 그가 아닌 다른 캐릭터들이 결정을 내린다면 히어로는 수동적이고 보잘것없는 존재로 보일 것이다. 이렇게 되면 마지막 순간에 히어로가 빌런에게 최후의 일격을 가한다 해도 그럴듯해 보이지 않는다. 변화는 노력해서 얻어야 의미가 있다.

### 성장 결여

앞에서 이야기는 변화라고 말했다. 성장도 변화의 일종이다. 독자는 캐릭터의 변화(이야기)를 원한다. 물론 모든 이야기 속 히어로가 눈에 띄는 변화를 이뤄내야 하는 건 아니다. 시리즈물일 경우 주인공의 변화는 점진적으로, 천천히 진행된다. 다만 '셜록 홈즈' 시리즈의 셜록처럼 내면의 변화가 거의 없는 주인공도 있다. 이 경우 주인공은 자신이 아니라 자신을 둘러싼 세상을 변화시킨다. 반영웅 캐릭터도 마찬가지로 거의 변화하지 않는다. 자세히 알고 싶다면 『빌런의 공식』을 참조하라.

SF나 디스토피아 장르에서는 캐릭터가 변화를 '겪어야만' 하는 상황이 종종 연출된다. 히어로가 살고 있는 고향 행성이 침략당하는 사건이 발생할 수도 있고, 아이가 더 이상 태어나지 않는 인류적 재앙이 닥친다거나(영화 〈칠드런 오브 맨〉), 인공지능과 사랑에 빠지게 되기도 한다(영화 〈그녀〉). 요지는 이야기에는 성장과 변화가 반드시 있어야 한다는 것이다.

이야기가 끝나는 순간까지 긴장감을 유지하기 위해서는 독자를 낚을 훅hook이 필요하다. 훅은 곧 질문이다. "주인공이 자존심을 내려놓고 도움을 청해 사건을 해결할 수 있을까?"

"과연 히어로는 세상을 구하기 위해 자신의 약점을 극복하고 빌런에 맞설 수 있을까?" 주인공은 변화하는 과정을 통해 질문의 답을 찾아간다. 작가가 훅을 제대로 활용하면 독자는 이야기에 자기도 모르게 빠져들게 된다.

### 연결 실패

- 독자와의 단절

독자는 각기 다른 이유로 작품에 매료된다. 캐릭터가 지닌 마성의 매력에 끌려서, 이야기에 깊이 공감해서, 반전이 흥미로워서, 스타일이 훌륭해서…. 그러나 이 모든 지점을 아우르는 것은 이야기의 '주제'다. 그리고 히어로는 그 주제를 드러내는 인물이어야 한다.

'주제'는 논란의 여지가 많은 단어다. 많은 작가가 소설이 무언가 '말하는' 것을 원하지 않는다. 자신의 작품에는 뚜렷한 주제가 없다고 하는 작가도 있고, 초고를 다 쓰기 전까지 자신이 무엇에 관한 이야기를 하려는지 모르겠다고 말하는 작가도 있다. 그래도 괜찮다. 우리는 분명한 명제를 논증해야 하는 철학자가 아니니까.

주제는 거창할 필요 없다. 세계관 전체를 아우르는 단어 하나, 혹은 짧은 질문이어도 좋다. 수잰 콜린스의 『헝거 게임』을 예로 들어보자. 이 작품의 주제는 희생이다. 『헝거 게임』의 히어로 캣니스 에버딘은 동생 대신 서로를 죽고 죽여야 하는 '헝거 게임'에 참전하는 캐릭터로, 희생이라는 주제를 완벽하게 구현하는 인물이다. 이처럼 주제와 히어로가 효과적으로 연결되면 독자도 이야기에 연결된다. 주제는 히어로가 빌런을 물리치기 위해 겪어야 하는 변화와 연관이 있으며, 히어로가 겪는 변화는 그가 승리를 위해 극복해야 하는 결함과 연관이 있다.

결함, 변화, 주제는 서로 연결되어 있다. 하나를 건드리면 나머지도 따라 움직인다. 독자는 본능적으로 그 연결을 보고, 느끼고, 즐긴다. 그러니 독자의 마음을 뺏고 싶다면 결함, 변화, 주제가 유기적으로 연결되도록 구성해야 한다.

- 사이드 캐릭터 또는 주제와의 단절

캐릭터에 아무 특징이나 대강 부여해놓고 최선의 결과가 나오기를 바라는 건 멍청한 짓이다. 소설의 모든 요소는 거미줄처럼 연결되어 있기 때문이다. 캐릭터의 특성은 작품의 주제와 어우러져야 하며, 스토리와 캐릭터 아크에 힘을 실어줄 수 있는 방향으로 설계해야 한다. 캐릭터 아크는 스토리가 진행되는 동안 캐릭터가 변화하는 패턴을 뜻하며, 스토리 아크는 사건 전개 같은 외부 상황의 흐름을 뜻한다(캐릭터 아크는 6단계에서 자세히 설명할 것이다). 캐릭터의 대화와 행동을 그때그때 이야기에 끼워 맞추려고 하면 안 된다.

다른 캐릭터들의 특성도 주인공이나 주제와 기능적으로 맞물려야 한다. 사이드 캐릭터들은 조화를 이루는 동시에 제각각 하위 스토리를 진전시킨다. 많은 작가가 주인공인 히어로에게만 신경을 쓰고 다른 캐릭터는 적당히 내버려두는 경향이 있다. 바로 앞에서도 말했듯 소설은 거미줄이다. 사이드 캐릭터들이 작품의 주제나 히어로 캐릭터와 유기적으로 연결되지 않으면 이야기가 일차원적으로 느껴지게 되며, 독자들은 뭐라고 콕 집어 설명할 수 없는 기이한 단절감을 느끼게 될 것이다.

생각해보자. 거미줄은 모든 가닥이 연결되어 있다. 수백 개가 넘는 선들이 중앙의 허브를 향한다. 중요한 지점들이 서로 교차하면서 거미줄은 점점 더 튼튼해진다. 모든 가닥이 톱니바퀴처럼 맞물릴 때 완벽한 거미줄이 만들어진다.

우리의 작품 속 캐릭터들도 그래야 한다. 주연과 조연에 상관없이 모든 캐릭터는 다른 캐릭터들과 얽혀 있어야 한다. 각 캐릭터의 성격과 장단점을 비교하는 작업을 해봐도 좋다. 인물들을 더 명확하게 구분할 수 있다면 각 캐릭터에 깊이와 입체감을 더할 방법도 알 수 있을 것이다. 여기서도 게슈탈트 원리가 적용된다. "캐릭터 전체는 부분의 총합보다 크다."

빌런 캐릭터는 이야기 속에서 손에 땀을 쥐게 하는 긴장과 혼돈을 선사하지만, 책장을 덮고 나서 독자의 기억에 남는 건 히어로 캐릭터다. 다음 에피소드, 다음 권을 읽어나가게 하는 힘도 히어로에게서 나온다. 독자가 가장 공감하는 대상도, '아하'하는 깨달음의 순간을 선사하는 인물도 히어로다. 그 깨달음의 순간은 캐릭터, 주제, 결함, 플롯이 층층이 합쳐졌을 때 탄생한다.

## 1단계 요약

- 주인공은 프로타고니스트라고도 하며, 이야기 속에서 가장 많이 배우고 성장하며 변화하는 존재다.

- 빌런이 이야기의 갈등이라면, 히어로는 이야기 그 자체다.

- '이야기'는 곧 '변화'이며, '변화'는 곧 '성장'이다. 독자들은 히어로가 성장하고 변화하는 이야기를 원한다.

- 히어로는 가장 많이 성장하거나 변화하는 캐릭터이며, 악에 맞서 가장 큰 위험을 감수하는 인물이다. 중대한 결정은 다른 캐릭터가 아닌 히어로가 내려야 한다. 그렇지 않으면 히어로 캐릭터는 수동적이고 보잘것없는 존재로 보일 것이다.

- 결함, 변화, 주제는 서로 연결되어 있다. 이야기의 주제는 히어로가 빌런을 물리치기 위해 겪어야 하는 변화와 연관되며, 히어로가 겪는 변화는 그가 극복해야 하는 결함과 연관되어야 한다.

- 히어로 캐릭터를 만들 때 가장 흔히 하는 실수는 다음과 같다.
  - 객관성 결여
  - 깊이 결여
  - 성장 결여
  - 연결 실패(독자와의 단절, 사이드 캐릭터 또는 주제와의 단절)

- 사이드 캐릭터들의 특성은 주인공이나 주제와 기능적으로

맞물려야 한다. 각 캐릭터의 성격과 장단점을 비교하는 작업을 해봐도 좋다. 인물들을 명확히 구분할 수 있다면 각 캐릭터에 깊이와 입체감을 더할 방법도 알 수 있을 것이다.

---

- 결국 독자가 기억하는 것은 히어로 캐릭터다. 독자가 가장 공감하는 대상도, '아하'하는 깨달음의 순간을 선사하는 인물도 히어로이기 때문이다. 그 깨달음의 순간은 캐릭터, 주제, 결합, 플롯이 층층이 합쳐졌을 때 탄생한다.

## 생각해볼 질문

- 내가 가장 좋아하는 작품과 히어로 캐릭터를 떠올려보자. 작품의 주제는 무엇이며 캐릭터는 어떤 결함을 극복하고 어떤 변화를 겪는가?

- 나의 히어로 캐릭터는 이야기의 끝에서 어떤 변화를 겪게 되는가?

# Step ↛ 2

# 작품의 거미줄 짜기

# 소설은
# 거미줄과 같다

당신이 이 책을 읽고 다른 건 다 잊더라도 이것만은 기억하길 바란다. 바로 '작품의 거미줄'이다. 1단계에서 나는 좋은 소설은 거미줄처럼 연결되어 있다는 이야길 했다. 2단계에서도 다시 한번 거미줄 비유를 이어가려고 한다. 나는 거미를 죽도록 무서워하는데 왜 하필 거미줄 비유를 떠올렸는지 모르겠다.

아무튼, 이야기를 시작해보자.

거미줄의 모든 가닥은 서로 연결되어 있다. 가까이 보면 따로따로 떨어진 별개의 선들로 보이지만 뒤로 물러서면 전체적인 패턴을 볼 수 있다. 거미줄은 단순한 실 가닥의 모음이 아니라 먹이를 가둘 수 있는 그물망을 이룬다. 당신의 소설도 그래야 한다. 하지만 어떻게 연결해야 할까? 지금부터 차근차근 설명해보겠다.

- 소설의 주제는 질문을 던진다. 히어로는 주제의 긍정적인 면을 보여주는 존재로서, 이야기 전개 과정에서 주제가 던지는 질문에 답을 해야 한다. 빌런은 주제의 부정적인 면을 보여주는 존재로, 히어로가 질문에 답하는 것을 막으려 한다.
- 히어로에겐 결함이 있어야 한다. 이 결함은 주제와 반대되어야 한다. 결함을 극복하기 전까지 히어로는 거짓을 믿으며 질문에 제대로 답하지 못한다.
- 히어로는 이야기가 진행되면서 도전과 장애물(플롯 포인트와

주요 사건들)에 직면한다. 장애물을 물리치기 위해 히어로는 주제에 걸맞은 선택을 한다.

∨ 다른 등장인물들은 히어로를 돕거나 방해한다. 그들은 정보를 제공하거나 양심을 자극하는(또는 양심을 버리게 하는) 역할을 하거나 조력자가 되는 등 저마다 다른 기능을 한다. 이들이 제공하는 조언, 기회, 경험, 장애물은 히어로에게 영향을 주고 결국 그가 변화를 달성할 수 있게 한다.

변화를 겪은 히어로는 그동안 자신이 믿었던 거짓을 꿰뚫어 볼 수 있게 되며 결국 윤리적·주제적 판단에 따라 행동에 나선다. 이렇게 캐릭터 아크가 완성된다. 변화는 히어로가 빌런(혹은 악으로 상징되는 사건이나 대상)을 물리치는 데 필요한 '운명의 무기'를 찾는다는 의미다.

∨ 히어로는 빌런을 물리치고 작품에 내재된 도덕적·주제적인 질문에 답한다.

거미줄과 이야기의 공통점은 크게 두 가지다. 첫째, 이야기도 거미줄처럼 바깥부터 그물망 중심부로 깊이 들어가는 동심원 구조다. 질문으로 시작된 이야기는 답이 있는 깊숙한 곳으로 나아간다. 둘째, 이야기의 구성 요소들도 거미줄 가닥처럼 개별적으로 만들어지지만, 서로 연결되어 더 큰 전체를 형성한다.

결국 히어로는 이야기의 중심으로 휘몰아치듯 들어가 주제에 대한 답을 내놓을 것이다.

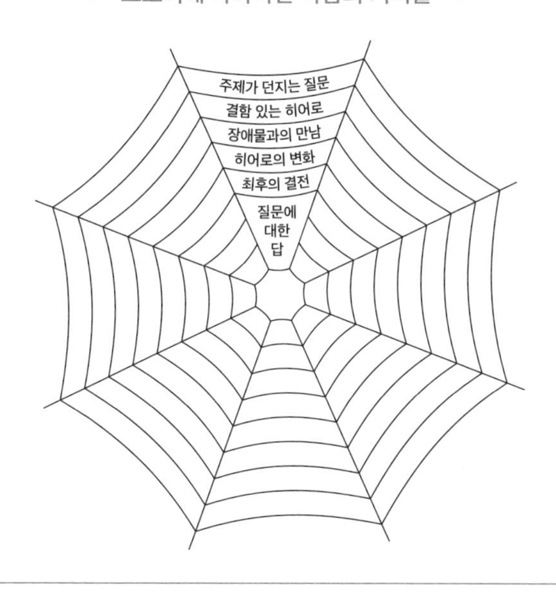


## 주제

주제란 무엇인지 이야기하기 전에 짚고 넘어갈 것이 있다. '작품의 주제'라는 말에 안 그래도 힘든 글쓰기를 때려치우고 싶은 이들이 있을 것이다. 그러나 처음부터 주제를 명확히 세울 필요는 없다. 그냥 써도 된다.

어떤 작가는 집필을 마칠 때까지 주제를 깨닫지 못한다. 그래도 괜찮다. 중요한 것은 일단 쓰는 것이다. 주제를 미리 구상해두지 않았다면 글을 쓰는 과정에서 알아가거나 초고를 다 쓴 뒤 편집하는 과정에서 이야기 전체를 연결하는 주제를 확인하면 된다. 존 트루비는 『이야기의 해부』에서 주제를 이렇게 설명한다.

> 주제는 '어떻게 행동해야 하는가'에 대한 작가의 견해이자 윤리적 비전이다. 작가는 한 인물을 제시할 때 그가 목적을 달성하기 위해 사용하는 수단에 윤리적 문제를 제시하고 올바른 선택에 관해 질문을 던지며 논쟁을 이끌어낸다. 작가의 윤리적인 비전은 고유하고 독창적인 것이며, 그것을 관객에게 표현하는 것이야말로 이야기의 중요한 목적 중 하나다.

---

**예시** **『헝거 게임』**

캣니스(히어로)는 희생이라는 주제를 구현한다. 그는 줄거리 내내 사랑하는 사람들을 위해 자신을 희생하는 반면, 스노우 대통령(빌런)은 그의 이익을 위해 다른 사람들을 희생한다.

히어로가 곧 주제theme다. 어떤 장르의 이야기에서든 히어로는 주제를 구현하는 존재다. 빌런은 '반주제anti-theme'가 되어야 한다.

히어로와 빌런이 주제의 양극단에 서 있으면 이야기 내내 팽팽한 긴장과 갈등이 형성된다. 예를 들어 마블 시리즈 〈토르〉의 토르와 로키는 똑같이 아스가르드 왕관을 원하지만, 서로 다른 윤리관을 갖고 있다. 따라서 둘은 불가피한 싸움을 벌일 수밖에 없다.

## 주제가 던지는 질문

작품에 아무리 훌륭한 주제를 담아도, 그것만으로 독자를 끌어당길 수는 없다. 독자는 주제 자체에 이끌리는 게 아니기 때문이다. 중요한 것은 '주제가 던지는 질문'이다. 예를 들어 살펴보자. 『헝거 게임』의 배경 설정은 다음과 같다.

> 독재 국가 판엠에는 12개의 구역이 있다. 정부는 사람들을 통제하기 위해 해마다 12개 구역에서 각기 두 명의 십 대 남녀 조공인을 뽑아 최후의 1인이 살아남을 때까지 서로 죽고 죽이게 하는 '헝거 게임'을 연다. 모든 과정은 텔레비전 쇼로 중계된다.

『헝거 게임』에는 '희생'이라는 주제와 관련된 수많은 질문이 변주되며 등장한다. 이야기는 주인공 캣니스의 여동생이 조공인 추첨에서 뽑히며 시작된다. 캣니스는 동생을 지키기 위해 자신이 대신 자원한다. 주제에 관한 첫 번째 질문이 제시되는 것이다. "당신은 사랑하는 사람을 구하기 위해 얼마나 희생할 수 있는가? 목숨까지 버릴 수 있는가?"

이 질문은 '헝거 게임' 시리즈의 토대가 되며, 전체 플롯을 움직이는 힘이 된다. 독자는 캣니스가 타인을 위해, 자신이 믿는 가치를 위해 얼마나 희생할 것인지, 살아남을 수 있을 것인지 궁금해하며 이야기를 지켜보게 된다.

## 결함 있는 히어로

히어로와 빌런은 주제의 반대편에 서야 한다. 그러나 처음부터 그 자리에 있을 필요는 없다. 첫 장부터 히어로가 자신이 나아가야 할 방향을 완벽하게 알고 있을 필요는 없다는 뜻이다. 오히려 이야기의 시작 부분에서 히어로가 많은 걸 모를수록, 다시 말해 결점이 많을수록 앞으로 일어날 변화는 더욱 드라마틱해진다. 도입부에서는 히어로의 바람직하지 않은 모습, 윤리적 결함이 있는 모습을 보여줘라. 그러면 독자는 히어로가 이야기와 함께 성장하는 모습을 즐길 수 있다. 히어로는 이야기가 진행되는 동안 빌런을 물리칠 수 있을 만큼 충분히 변화해야 한다. 만약 처음부터 히어로가 완벽하다면 변할 필요도 없을 것이고, 여정도 큰 의미가 없을 것이다.

## 장애물과의 만남

다시 『헝거 게임』을 예로 들면, 캣니스가 직면하는 장애물과 윤리적 선택은 모두 희생이라는 주제와 연결된다. 캣니스는 항상 다른 사람보다는 자신을 희생하는 쪽을 택한다.

히어로가 마주하는 장애물은 주제와 관련된 것이어야 한다.

히어로는 이야기가 전개되는 동안 계속해서 주제와 관련된 시험에 봉착한다. 주제가 '희생'이라면 히어로는 무엇을 얼마나 희생할 것인지 계속 선택해야 한다. 히어로와 반대되는 생각과 행동을 하는 빌런 캐릭터를 등장시켜 대립을 연출할 수 있다.

**『헝거 게임』의 히어로가 마주하는 장애물**

- 캣니스는 게임에 참여하게 된 가장 어린 조공인 루를 죽일 기회를 얻지만 살려준다. 그러나 그렇게 함으로써 캣니스 자신이 위험에 빠진다. 그들은 어차피 서로 죽고 죽여야 하는 상황 속에 있기 때문이다. 그러나 루는 캣니스와 마찬가지로 '희생'이라는 주제를 구현하는 캐릭터였고, 캣니스를 해치려 하지 않는다. 그렇게 두 사람은 팀을 이룬다.
- 게임 도중 피타가 심각한 상처를 입는다. 약을 구해오지 않으면 그는 죽을 것이다. 캣니스는 또다시 주제와 관련된 질문에 맞닥뜨린다. 사랑하는 사람을 위해 공격당할 위험을 감수할 것인가? 캣니스는 약을 찾으러 나섬으로써 또다시 자신을 위험에 빠뜨린다.
- 스노우 대통령은 살해되거나 다친 조공인들을 변종 괴물로 만들었다. 희생이라는 주제와 반대되는 가치를 구현한 셈이다. 캣니스는 친구였던 이들이 괴물로 변한 모습을 보며 딜레마에 빠진다.

장애물은 캣니스를 점점 더 멀리까지 밀어붙인다. 선택을 내릴 때마다 캣니스도 조금씩 변화한다. 분노는 커지고 스노우 대통령을 무너뜨리겠다는 의지도 강해진다. 캣니스는 그 누구도 자기를 대신해 희생하는 걸 원하지 않는다.

## 최후의 결전과
## 질문에 대한 답

『헝거 게임』은 히어로의 캐릭터 아크, 최후의 결전, 주제가 던진 질문의 답이 모두 하나의 장면에서 완성된다. 캣니스와 피타는 마지막 전투에서 나머지 조공인들을 죽이고 둘만 살아남는다. 그들은 헝거 게임에서 우승하기 직전이다. 대중이 캣니스와 피타의 사랑 이야기에 열광하자, 스노우 대통령은 한 사람이 아니라 두 사람이 동시에 살아남을 수 있다고 발표했기 때문이다. 하지만 마지막 순간이 되자 스노우 대통령은 한 명만 살려두겠다며 다시 규칙을 바꾼다. 빌런의 마지막 일격인 것이다. 이제 둘 중 하나는 죽어야 한다.

여기가 이 이야기의 절정이다. 『헝거 게임』의 클라이맥스에서 캣니스는 가장 어려운, 궁극적인 선택과 마주한다. 한 사람만이 살 수 있다. 사랑하는 사람(피타)을 희생시키고 내가 살아남을 것인가, 아니면 피타에게 자신을 죽이라고 할 것인가?

이 마지막 장애물은 캣니스에게 주제와 관련된 깨달음을 촉구한다. 캣니스는 '사랑하는 사람을 위해 얼마나 희생할 수 있는가?'라는 질문에 답하지 않으면 안 되는 상황에 계속해서 내몰렸고, 그때마다 자신을 위험에 빠뜨렸다. 그 과정에서 그는 더 지혜롭게 변화했다. 캣니스는 게임에서 이기는 유일한 방법은 게임의 룰을 완전히 뒤집는 것임을 깨닫는다. 여기에 주제가 던진 질문의 답이 들어 있다. 캣니스는 자신과 피타의 목숨을 모두 바치기로 한다. 남은 조공인이 모두 죽으면 스노우 대통령은 승자를 얻지 못할 테니까. 캣니스와 피타의 희생적인 자살 시도는 결국 두 사람을 구한다. 스노우 대통령은 승자가 아예 없는 것보다는 두 명인 쪽을 선택한다. 작가는 모든 하위 플롯과 장애물, 인물들의 선택을 가닥가닥 연결하여 결론으로 이끌었다.

다른 예를 살펴볼까? 디즈니 애니메이션 영화 〈비행기〉는 아이들을 위한 작품으로 주제, 윤리적 선택, 캐릭터 특성 등이 단순하게 설정되어 있어, 지금까지 이야기한 것들을 도식화하여 살펴보기 좋다. 〈비행기〉의 줄거리는 다음과 같다.

> 시골의 농약 살포기 '더스티'는 세계 최고의 레이싱 챔피언이 되고 싶다는 꿈이 있다. 그는 전투기 출신 친구의 도움을 받아 세계 레이싱 대회에 도전한다. 영화는 더스티가 대회에서 우승하기 위해 각종 장애물을 극복하는 이야기를 보여준다.

〈비행기〉의 표면적 주제는 '용기'지만 사실은 그 이상을 담고 있다. 사이드 캐릭터로 등장하는 프란츠의 대사가 이를 잘 전해준다. "타고난 한계를 넘어서고 싶은 우리 모두가 네게 감사를 전해."

다만 이처럼 대사로 주제를 전달하는 건 쉬워도 너무 쉬운 일이다. 마치 독자의 얼굴에 주먹을 날리는 것처럼 직접적인 방법이라, 아동서처럼 주제를 단순하게 전달해야 하는 책을 쓰는 게 아니라면 추천하고 싶지 않다. 간단히 설명하기 위해 예를 든 것임을 다시 한번 강조하며, 〈비행기〉로 돌아가보자. 더스티는 농약 살포기지만 만들어진 용도 이상이 되고 싶어 한다. 이것이 주제다. 따라서 더스티는 그가 '만들어진 용도' 이상이 될 수 있도록 선택을 내리고 행동해야 한다. 또한, 더스티의 성격적 특성과 그가 극복해야 할 장애물은 연결되어 있다.

- 더스티의 성격: 용감하고 결단력 있음
- 더스티의 장애물: 고소공포증, 거짓말을 너무 잘 믿음, 승리에 집착하는 방해꾼 립슬링어

더스티가 대회에서 우승할 수 있는(그리고 자신의 한계를 극복하는) 유일한 방법은 자신의 가장 큰 두려움(고소공포증)을 극복하고 다른 비행기보다 높이 나는 것이다. 그의 성격적 특징(용기와 결단력)은 그가 그것을 해낼 수 있도록 완벽히 설정되어 있다. 더스티에게는 두려움을 이겨낼 용기가 있고 연습 경기에서 실패를 반복하면서도 결단력으로 계속 앞으로 나아간다.

안타고니스트인 립슬링어는 이야기 내내 변화를 거부하고 주제의 반대편에 서서 대립을 유지한다. 그는 누구든 만들어진 용도 이상이 될 수 없다고 믿으며 융통성 없는 모습을 보인다. 립슬링어는 변화를 믿지 않고 변하지 않는다. 이는 곧 그가 예측 가능하다는 것을 의미한다. 더스티는 립슬링어의 행동을 미리 꿰뚫어보고 그를 능가해 대회에서 승리한다. 더스티 앞에 놓인 장애물들은 그의 특징(용기와 결단력)을 시험한다. 그는 장애물들을 통과하면서 자신이 만들어진 용도 이상의 가치 있는 존재라는 것을 증명하고 깨닫는다. 이것이 작품의 거미줄이다.

## 2단계 요약

- 모든 히어로는 이야기의 주제를 구현하는 존재여야 한다. 빌런은 주제와 반대되는 가치를 나타낸다.

- 히어로와 빌런은 주제(또는 윤리관)를 두고 대립하며 이것이 플롯에 긴장감과 갈등을 부여한다. 그러나 히어로가 처음부터 완벽할 필요는 없다. 초반에 히어로는 자기가 나아가야 할 곳을 모르다가, 이야기가 전개되며 방향을 찾게 되기도 한다.

- 주제가 던지는 질문이 전체 줄거리를 이끌어야 한다.

- 히어로가 극복해야 하는 장애물은 주제를 반영해야 한다. 히어로는 시험을 거치며 변화하고 윤리적 질문과 마주하게 되며, 노력을 통해 빌런을 물리칠 능력을 획득한다.

- 처음에 지니고 있던 결점을 극복하거나, 장애물과 정면으로 마주하며 성장한 히어로는 최후의 결전을 거치며 주제가 던진 질문에 답한다.

## 생각해볼 질문

- 최근에 본 소설이나 영화의 요소를 분석해보고, 작품의 거미줄에 대입해보자. 촘촘히 연결되어 있는가, 아니면 허점이 발견되는가?

- 나의 히어로 캐릭터가 지닌 특성과 결함은 무엇인가? 그것은 작품의 주제와 어떻게 연결되는가?

Step ↛ 3

# 마성의
# 히어로 캐릭터
# 조형하기

## 과몰입 부르는 캐릭터의 매력

좋아하던 소설이나 시리즈가 끝났을 때 상실감을 느껴본 적이 있는가? 내 안에서 뭔가가 빠져나간 느낌, 가슴에 구멍이 생긴 느낌 말이다. 엄청나게 진한 초콜릿 케이크를 먹어도 그 공허는 채워지지 않는다. 성실한 이야기 중독자라면 사막에서 오아시스를 찾듯 다른 이야기를 찾아 헤매게 될 것이다.

나는 중증 이야기 중독자다. 지금까지 나는 수많은 작품에 마음을 빼앗겨왔다. 너무 깊이 빠져든 나머지 내가 소설 속에 있지 않다는 것이 속상하기도 했다. 내가 왜 우주선에 앉아 있지 않지? 왜 내가 호그와트에서 마법사 시험을 치고 있지 않은 거야? 나도 내가 심하다는 걸 안다. 그렇지만 나도 어쩔 수 없는 걸! 책을 덮는 게 아쉬워 한 페이지만 더 읽고 싶고, 책을 덮고 나면 캐릭터에 대한 그리움에 잠긴다. 이 이야기들의 무엇이 나를 이토록 헤어나오지 못하게 했던 것일까?

오랜 이야기 중독자로서 말하건대, 가장 강력한 힘을 지닌 것은 바로 주인공 캐릭터의 매력이다. 주인공을 어떻게 조형하느냐에 따라 작품과 독자의 관계가 달라진다. 지금부터 우리가 쓰고자 하는 이야기에 딱 맞는 주인공, 이 세상의 모든 이야기 중독자들을 구원할 히어로 캐릭터를 만들러 가보자.

## 독자는 캐릭터를 통해 자신을 돌아본다

주인공 캐릭터 조형이 중요한 근본적인 이유는 무엇일까? 독자가 그 캐릭터를 통해 '자기 자신'의 모습을 반추해 보기 때문이다. 사람들은 이야기를 읽으며 자연스레 자신을 돌아본다. 등장인물의 상황에 자연스럽게 자신을 대입하고 그의 선택에 공감하거나 안타까워한다. 때로 '나라면 절대 하지 못할 선택'을 내리는 저돌적인 주인공을 보며 짜릿한 대리 만족을 느끼기도 한다. 이것이 캐릭터의 매력에 따라 작품과 독자의 관계가 달라지는 이유다.

## 히어로와 동기화

인간은 어울림에 대한 욕구가 있다. 우리는 다른 사람과 연결되기를, 그들에게 호감을 얻고 '옳다'고 여겨지기를 원한다. 작가라면 자기가 만든 캐릭터가 독자와 연결되기를, 호감을 얻고 지지받기를 바랄 것이다. 당신의 캐릭터는 독자가 함께 어울리고 싶다고 생각할 만큼 매력적이면서도, 작품 속 시공간에서 실제로 살아 숨 쉴 것처럼 느껴져야 한다. 우리의 목표는 독자가 캐릭터에게 관심을 기울이고 그의 여정에 몰입하도록 만드는 것이다. 독자가 캐릭터에게 감정을 이입하고, 캐릭터가 목표를 이루기를, 그가 원하는 대로 살 수 있기를 바라게 만들어야 한다.

이것에 성공한다면, 독자의 마음속에서는 동기화가 일어난다. 캐릭터가 겪는 감정적 동요를 독자도 함께 경험하고, 캐릭터가 철학적, 윤리적 깨달음에 이를 때는 독자 또한 머리에 전구가 켜지듯 무언가를 알게 된다. 해리가 마침내 볼드모트를 만났을 때 두려움에 떨며 주문을 외우면 독자도 함께 긴장감에 마음을 졸이고, 클라크 켄트가 안경을 벗어 던지고 슈퍼맨으로 변신할 때는 독자도 히어로로 변신한다. 브리짓 존스가 눈을 맞으며 사랑을 향해 달려갈 때는 독자도 함께 바람을 가르며 뛰어가게 되는 것이다. 소설을 다 읽고 난 후 오래도록 그 이야기를 곱씹다가, 문득 어떤 깨달음을 얻고 자신의 일부가 변화하는 경험을 해본 적이 있는가? 나는 이것을 독자의 캐릭터 아크라고 부른다.

요약하자면, 주인공 캐릭터는 독자가 이입할 수 있도록 인간적이어야 한다. 캐릭터의 특성이 꼭 긍정적이기만 할 필요는 없다. 낚시성 제목을 단 기사들이 클릭 수가 높은 것처럼, 때로 부정적인 것이 관심을 잡아끌기도 하니까, 이런 점을 영리하게 활용하면 될 것이다. 독자와 연결될 만한 무언가를 찾고 그것을 활용하라.

## 완벽한 캐릭터에겐 결함이 있다

그렇다면 어떻게 많은 독자가 공감할만한 캐릭터를 만들 수 있을까? 과학자들은 흔히 수학이 가장 보편적인 언어라고 말한다. 음악이나 놀이가 세계 공용어라고 말하는 사람들도 있다. 하지만 나는 그보다 보편적인 언어가 있다고 생각한다. 바로 감정이다.

독자를 작품에 깊이 빠져들게 하는 단 하나의 방법은 주인공 캐릭터에게 감정을 이입하게 만드는 것이다. 그러므로 히어로 캐릭터는 공감을 불러일으킬 만큼 인간적이고, 사실적이어야 한다. 우리가 사랑하고 증오하고 실수하고 그 실수를 또 반복하는 것처럼 당신의 히어로도 그래야 한다. 히어로는 가장 어두운 두려움, 가장 나쁜 성격, 수치스럽고 지저분한 면까지 드러낼 필요가 있다.

비현실적으로 완벽한 캐릭터는 독자의 짜증을 불러일으킬 것이다. 독자가 주인공의 얼굴을 강판에 갈아버리고 싶게 만드는 게 목표가 아니라면, 꼭 유념하길 바란다. 완벽함은 공감을 불러일으키기 어렵다.

그러니 히어로 머리 뒤의 후광을 떼어내자. 우리가 무의식적으로 말실수를 하거나 약속을 깨뜨리거나 입이 근질거려서 비밀을 발설하는 것처럼 그에게도 작은 결함들이 필요하다. 여기에는 역설이 존재한다. 작가는 히어로가 완벽하기를 원하지만, 그가 완벽한 캐릭터가 되려면 결함이 필요하다. 결함은 캐릭터에 사실성을 부여한다.

## 불완전함의
## 심리학

5세 이하 어린이들을 위한 이야기에는 지극히 선하거나 지극히 악한 캐릭터들이 등장한다. 아이들이 휴리스틱heuristic을 발전시켜가는 과정에 놓여있기 때문이다. 휴리스틱은 우리의 뇌가 만들어내는 심리 규칙으로, 불충분한 정보와 마주했을 때 순발력을 발휘해 사용하는 '어림짐작의 기술'이라고 할 수 있다.

어린 아이들은 선과 악이 명확한 캐릭터를 보며 옳고 그름에 대한 기본적인 휴리스틱을 만들게 된다. 그러나 시간이 지나 성장하면서 선과 악의 아이러니와 모호함을 알게 되고, 흑백논리에서 벗어나 자기만의 휴리스틱으로 회색 지대에 대한 이해를 갖게 된다.

야마모토 요지는 다음과 같이 말했다. "나는 완벽함은 추하다고 생각한다. 나는 인간이 만드는 상처, 실패, 무질서, 왜곡을 보고 싶다." 그의 말은 내가 하고 싶은 이야기를 잘 요약해준다. 당신의 히어로는 긍정적인 특성과 부정적인 특성을 모두 지니고 있어야 한다. 주인공을 교만하거나 교활하거나 고집스러운 사람으로 만드는 것이 사랑하는 자식에게 회초리질을 하는 것처럼 고통스럽더라도, 반드시 캐릭터에게 회색 지대를 부여해야 한다.

## 성격과 특성 선택하기

그렇다면 캐릭터의 성격은 어떻게 만들어야 할까? 수많은 기질과 특성 중 무엇과 무엇을 골라 조합해야 할까? 정해진 법칙은 없고, 사용할 수 있는 조합의 수는 무한하다. 그러나 캐릭터의 특성을 선택할 때 반드시 고려해야 할 것들은 존재한다. 이번에는 이것을 자세히 살펴보도록 하자.

참고로 캐릭터 성격의 종류에 관해 더 알고 싶다면 안젤라 애커만과 베카 푸글리시의 『캐릭터 만들기의 모든 것』이라는 책을 추천한다. 캐릭터의 행동에 영향을 끼치는 성격적 특징들이 잘 설명되어 있고, 그런 특징을 묘사하는 방법도 배울 수 있다.

### 주제와 관련된 특성

히어로의 특성은 소설의 주제나 이야기가 진행되면서 드러나는 윤리적 문제와 연결되어야 한다.

책의 주제와 캐릭터의 특성이 일치하는 좋은 예로는 애거서 크리스티의 탐정 캐릭터 '에르퀼 푸아로'를 꼽을 수 있다. 에르퀼 푸아로 시리즈에서 가장 중요한 주제 중 하나는 (대부분 탐정소설과 마찬가지로) 다름 아닌 '정의'다. 푸아로는 주인공이자 탐정으로서 정의를 추구하고 사건을 해결해 범죄자들이 합당한 대가를 치르게 한다. 그는 시리즈의 마지막 권인 『커튼』에서 정의와 관련된 일생일대의 딜레마와 직면한다. 푸아로는 '노턴'이라는 캐릭터가 사람들에게 최면에 가까운 심리적 압박을 가해 살인을 저지르게 만드는 악독한 인물이라는 사실을 발견한다. 푸아로는 노턴이 자신의 절친한 친구 헤이스팅스에게까지 접근해 살인을 부추기려 하자, 노턴이 결코 멈추지 않을 것이며, 그를 막는 방법은 그를 죽이는 수밖에 없다는 걸 깨닫는다. 푸아로는 결국 자신이 살인자가 되는 쪽을 선택한다. 푸아로는 노턴을 죽이고, 자신도 죽음을 맞는다. 이 결말은 독자들로 하여금 시리즈 내내 이야기해온 '정의'라는 주제를 여러 각도에서 생각해보게 한다.

### 강점이자 약점이 되는 특성

캐릭터의 성격을 구성하는 가장 좋은 방법 중 하나는, 그의 강점이 곧 약점이 되게 하는 것이다. 예를 들어, '충성심'이라는 특성은 강점이 될 수도 있지만, 치명적인 약점이 될 수도 있다. 충성심이 강한 캐릭터는 자신이 충성하는 대상이 부도덕하거나 악하다는 사실을 깨닫지 못할 수 있기 때문이다.

조지 R.R. 마틴의 『왕좌의 게임』에 나오는 캐릭터 에다드 스타크는 강점이 약점이 되기도 한다는 것을 보여주는 훌륭한 예다. 스타크는 윈터펠 성의 영주이며 왕 로버트 바라테온의 오랜 친구로, 왕에게 재상이 되어달라는 요청을 받고 갈등한다. 네드의 두 가지 주요 특성은 지혜와 충성심이다. 지혜로운 네드는 왕을 따라 도시로 가는 것이 자신에게 좋지 않은 선택임을 알고 있지만, 충성심 때문에 그의 뜻을 따르게 된다. 강점이자 약점이 되는 특성의 또 다른 예로 사랑을 빼놓을 수 없다. 무언가를 사랑하는 존재는 치명적인 약점을 갖게 된다. 사랑하는 대상을 보호하려 할 것이기 때문이다. 많은 히어로 캐릭터가 사랑하는 사람, 도시, 가치 등을 위해 위험을 무릅쓴다. 빌런은 히어로의 사랑을 약점으로 잡아 이용한다.

### 서로 거울이 되는 캐릭터 구성하기

V.E. 슈와브의 소설 『비셔스Vicious』에는 초능력을 지닌 두 명의 캐릭터 빅터 베일과 일라이 에버가 등장한다. 이들은 '엑스트라 오디너리EO'라고 불리는데, 빅터는 고통을 제어하는 능력이 있고 일라이는 회생 능력이 있다(따라서 공격을 받아도 죽지 않는다). 빅터는 죽음을, 일라이는 생을 상징하는 능력을 지니고 있지만, 흥미롭게도 두 캐릭터는 그들의 특성과는 정반대의 가치관을 지니고 있다. 일라이는 EO 능력을 지닌 모든 존재를 제거하려 한다. 반면 고통을 가해 사람을 죽일 수 있는 능력을 지닌 빅터는 EO를 위해 싸우며 일라이를 막으려 한다. 삶과 죽음을 다루는 『비셔스』의 주제를 한 문장으로 축약하면 '살 자격이 있는 자는 누구인가'라고 할 수 있는데, 빅터와 일라이는 이 주제를 각기 다른 거울로 비춰 보여준다. 이 작품에는 주제를 다각도에서 보게 하는 캐릭터들이 여럿 등장한다. 예를 들어, 빅터 다음으로 강력한 이인자 캐릭터인 미치 터너는 거대한 탱크 문신을 새긴 거구지만, 절대적인 평화주의자다. 시드니라는 캐릭터는 죽은 사람을 다시 살려내는 능력을 지니고 있다. 역시나 작품의 주제를 비튼 것이다.

### 넘지 말아야 하는 선 설정하기

사람들에게는 자기만의 기준선이 있다. 누구나 내면에 악한 면이나 어둠이 있고, 때로 일을 개판으로 만들거나 바보 같은 짓을 하기도 하지만, 절대 넘지 않는 선이 있는 것이다. 그 이상 밀고 나아가면 더는 그가 그일 수 없게 되는 그런 지점. 당신의 캐릭터에게도 그런 기준선이 필요하다. 히어로의 기준선은 본질적으로 그의 가치관과 연결되어 있다. 이 기준의 있고 없음이 빌런과 히어로의 중요한 차이점이기도 하다.

이야기가 진행됨에 따라 히어로는 기준선을 넘는 위기에 한 번 혹은 두 번 봉착한다. 첫 번째는 대개 복귀 불가 시점 직전이다. 히어로가 자기의 기준에 따라 행동하지 못하거나, 하지 않으려 하는 식이다. 두 번째 위기는 이야기가 좀 더 깊숙이 진행된 시점에서 일어난다. 빌런(혹은 빌런으로 상징되는 상황이나 존재)은 히어로를 쓰러뜨리기 위해 그를 선 밖으로 사정없이 몰아붙이고, 히어로는 절체절명의 순간에 놓이게 된다. 하지만 히어로는 결국 망설임과 의심 속에서 자신의 힘을 발견한다. 그는 선을 지키는 쪽을 선택하고 반대편의 어둠을 보면서 선을 넘지 않으려 했던 이유를 다시 한번 상기한다.

### 변화를 고려하라

이야기의 도입부에서 독자에게 세계관과 캐릭터의 기본 성격을 보여주어야 한다. 이때 캐릭터가 '변화'할 것임을 염두에 둬라. 이야기가 전개되며 세계는 달라지고, 그에 따라 캐릭터도 변하게 된다. 이 변화를 뚜렷하게 보여주고 싶다면, 히어로의 행동 묘사를 통해 그가 살고 있는 '일상 세계'의 풍경을 보여줘라. 이때 말과 행동에서 드러나는 캐릭터의 기질과 특성은 일관성을 유지해야 한다. 그래야 신뢰감과 사실감을 안정적으로 쌓을 수 있다.

### 복합적인 인물로 만들어라

캐릭터의 리얼리티는 그가 지닌 복합적인 면모에서 온다. 평범한 사람이라면 누구나 지닌 모호한 감정들을 캐릭터에 부여하고, 다차원적인 특징과 내면적 갈등을 갖게 하라. 인간과 유인원의 차이는 바로 감정의 복잡성에서 온다(물론 아주 적은 DNA의 차이나 언어 능력 같은 차이도 있지만). 인간은 복합적인 존재이므로 사랑과 미움, 복수심과 자비심, 두려움과 용기 같은 극단적인 감정을 동시에 경험할 수 있다. 캐릭터의 특징 그 자체에는 큰 의미가 없다. 그것은 캐릭터가 느낄 상충적인 감정을 위한 토대일 뿐이다. 캐릭터의 특징을 빈 화폭이라고 생각하고, 서로 부딪히는 감정을 물감이라고 생각하라. 색을 제대로 배합한다면 예술 작품이 탄생할 것이다. 장르 불문 멋진 캐릭터의 딱 한 가지 공통점은 바로 복잡성이다. 히어로 캐릭터에 여러 가지 특징을 부여하고 그러한 특징이 상반된 감정을 불러일으키도록 설정하라.

## 무엇보다 강렬한 희생

히어로가 히어로인 이유는 용감하기 때문이 아니다. 이는 1차원적인 고정관념이다. 독자와 히어로 캐릭터를 이어주는 것은 용기가 아니다. 용기를 깎아내리는 것은 아니니 오해하지 말길. 용기는 분명 매력적이지만, 독자의 마음속 깊은 감정을 끌어내는 더 근본적인 것이 있다. 바로 희생이다.

여러 사람을 구하기 위해 나선 개인의 숭고한 희생부터, 얼마 되지 않는 자기 몫을 나누는 따뜻한 마음까지, 독자에게 강렬한 감동을 주는 것은 기꺼이 어려움을 무릅쓰는 모습이다.

작가는 히어로가 치르는 희생의 크기가 독자들이 느끼는 감정의 증폭과 직접적으로 비례한다는 사실을 잊어버리곤 한다. 물론 히어로가 희생하는 것이 귀중하면 귀중할수록 독자는 더 큰 반향을 느낄 것이다.

시리즈의 마지막 권인 『해리 포터와 죽음의 성물』에서는 히어로인 해리를 비롯해 다른 많은 주요 인물들이 볼드모트에 맞서 목숨을 잃는 희생을 감수한다. 그중 특히 한 사람의 희생이 독자의 심금을 울리는데, 바로 스네이프 교수다. 스네이프는 시리즈 내내 냉정하고, 교묘하고, 이기적인 인물로 묘사되며 해리와도 사이가 좋지 않았다. 그러나 마지막에서 그는 사실 비운의 로맨티스트였음이 밝혀진다. 그는 어릴 때부터 해리의 엄마를 깊이 사랑했으며, 그 사랑을 위해 해리가 볼드모트를 물리치는 것을 돕고 자신이 가진 모든 것을 포기한다. 스네이프의 희생은 프로타고니스트인 해리의 희생보다도 강렬하게 기억에 남는다. 그의 희생은 예측할 수 없던 반전이기에 더욱 강력한 효과를 냈다.

## 캐릭터가 믿는 거짓

캐릭터 아크를 완성하는 매우 중요한 장치를 소개하겠다. 바로 '캐릭터가 믿는 거짓'이다. 어릴 때 우리는 거짓말은 나쁘다고 배운다. 부모님에게 거짓말하면 안 되고 선생님에게 거짓말하면 안 되고 친구들에게도 거짓말하면 안 된다고 배운다. 하지만 어떤 이유에서인지 우리는 가장 중요한 것을 배우지 않았다. 바로 자기 자신을 속이지 말라는 것. 그래서일까. 인간은 보고 싶은 것만 보고, 생각하고 싶은 대로 생각한다. 때로 진실을 알면서도 외면하거나, 거짓을 진실이라고 믿는다. 이는 캐릭터도 마찬가지다. '캐릭터가 믿는 거짓'은 무엇이든 될 수 있다. 『위대한 개츠비』의 개츠비가 믿는 허황하고도 슬픈 꿈과 낭만일 수도 있고, 자신에게는 아무런 가능성이 없다고 믿는다거나, 아니면 단순히 누군가를 오해하는 것일 수도 있다. 이야기의 초반에 히어로는 이런 거짓을 철석같이 믿으며, 자신의 진짜 마음이나 진정한 힘을 알지 못해 잘못된 것을 원한다. 이것이 그의 주요한 결함으로 작용하고 따라서 그는 빌런을 이길 수 없다. 이야기의 절정 부분에서 히어로는 자신이 거짓된 무언가를 믿고 있었다는 걸 깨닫고 방향을 틀어 앞으로 나아간다. 이렇게 캐릭터 아크가 완성되며 그는 비로소 빌런을 물리치게 된다.

### 거짓말이 왜 필요할까?

히어로가 거짓을 믿어야 하는 이유는 그에게 진실을 깨달을 기회를 주기 위해서다. 독자들은 주인공이 믿는 거짓의 진실을 알고 있어야 한다. 그래야 주인공이 어서 진실을 깨닫기를, 성장하거나 변화를 이뤄내기를 응원하게 될 것이다. 거짓은 주인공을 어둠에 고립되게 하고 거짓에 대한 깨달음은 그를 빛으로 이끈다.

### 진짜 거짓이 아니어도 된다

캐릭터를 속이는 건 실제 거짓이 아니라 어떤 가정이나 추측일 수도 있다. 잘못된 정보를 믿고 있거나, 필요한 정보의 부분이 제공되지 않아도 주인공은 충분히 그 상황에 속거나 매일 수 있다.

### 거짓의 트롭

장르에 따라 캐릭터가 믿는 거짓말은 달라진다. 이를테면 트롭trope을 생각해보자. 트롭은 특정 장르에 반복되어 쓰이는 패턴을 말한다. 판타지 장르에는 '선택된 자' 트롭이 자주 등장하고, 로맨스 장르에는 잘생긴 억만장자 캐릭터가 트롭으로 등장한다. 트롭은 캐릭터 창조에 큰 도움이 되는 요소이므로, 내가 쓰고자 하는 장르의 인기 작품들을 분석하며 어떤 트롭이 쓰였는지 분석해보는 걸 추천한다. 트롭은 특정 장르 내에서 반복되므로, 읽다 보면 곧 패턴을 발견할 것이다. 캐릭터가 믿는 거짓에 관한 가장 흔한 트롭은 로맨스 장르에서 찾아볼 수 있다. 커플 중 한 사람이 상대에 대한 거짓을 믿게 되고, 그 거짓이 둘의 관계를 방해한다.

예시 〈브리짓 존스의 일기〉

브리짓의 운명적 로맨스 상대는 마크 다아시다.
하지만 우리의 주인공 브리짓은 마크가 거짓말쟁이고
바람둥이라는 다니엘 클리버의 거짓말을 믿기 때문에
마크와 함께하지 못한다.

### 작품의 거미줄과 거짓

작품의 거미줄이 다시 등장했다. 히어로가 믿는 거짓은 반드시 주제와 연결되어야 한다.

 『헝거 게임』

이 작품의 주제는 희생이다. 캣니스는 살아남기 위해
자신이 사랑하는 피타를 포함해 다른 모든 조공인을
죽여야(희생시켜야) 한다고 생각한다. 그러나
클라이맥스 장면에 다다르면, 서로 죽이지 않고도
정부를 이길 수 있는 제3의 선택지가 있다는 것을
깨닫는다. 이로써 주제와 캐릭터 아크의 연결 고리가
완성된다.

- 주제: 희생
- 빌런의 주제: 자신을 위해 남을 희생시켜야 한다.
- 주제와 연관된 거짓(주인공이 믿는 거짓): 게임에서 이기려면 다른 모두를 희생시켜야 한다.
- 주제의 실현: 궁극적인 희생을 한다면 정부를 이길 수 있고 모두를 구할 수 있다.

수잰 콜린스는 이야기의 시작과 동시에 결말의 복선을

깔아 작품의 거미줄에 깊이를 더했다. 이야기 초반부에서 캣니스는 여동생이 조공인이 되는 것을 거부하고 여동생 대신 자원함으로써 자신을 희생했다. 생각해보면, 캣니스는 헝거 게임이 시작되기도 전에 조공 시스템에 균열을 낸 셈이다. 복선이 깔린 멋진 거미줄이다.

### 갈등 기폭 장치

〈브리짓 존스의 일기〉에서 브리짓은 마크가 바람둥이라는 거짓말을 믿는다. 이 거짓말은 대단히 중요한 장치로 쓰인다. 마크와 브리짓 사이의 오해부터 마크와 다니엘 사이의 주먹다짐까지 영화 속의 모든 갈등을 주도하기 때문이다. 또한 이 거짓말은 브리짓의 혼란한 감정 상태를 부채질한다. 만약 브리짓이 마크에 대한 진실을 처음부터 알았다면, 모든 갈등과 감정의 파도는 없었을 것이다. 이 로맨스 영화에서 가장 큰 장애물은 바로 거짓말이다.

### 거짓의 등장과 해결

최대한의 효과를 얻기 위해서는 이야기의 처음부터 거짓이 존재감을 과시해야 한다. 『헝거 게임』은 이야기의 첫 몇 페이지에서 게임에 관해 묘사하며 캣니스가 극복해야 할 거짓을 만들어두었다. 거짓의 해결은 훨씬 나중에 이루어져야 한다. 거짓을 깨닫는 일은 히어로가 빌런을 물리치는 데 필요한 퍼즐의 마지막 조각이 되어야 하기 때문이다. 그러니까 이야기가 75~85퍼센트 정도 전개된 지점이다.

예시 『새드 일루전』

이 작품의 히어로 로즈 해서웨이는 이야기의 4분의 3 지점에서 사랑에 대한 깨달음을 얻는다. 로즈는 디미트리를 사랑하는데, 그에게 인생에 한 번 올까 말까 하는 좋은 기회가 생긴다. 그러나 디미트리가 그 기회를 잡는다면, 그는 멀리 떠나가야 한다.

사랑은 강요해선 안 된다는 걸 깨달았다. 사랑은 있거나 없거나 둘 중 하나다. 만약 사랑이 없다면 인정할 수 있어야 한다. 그리고 사랑이 있다면 어떻게 해서든 사랑하는 사람을 지켜야 한다. 그다음에 내 입에서 나온 말은 나를 놀라게 했다. 전혀 이기심이 없는 데다 정말로 내 진심이었기 때문이다.
"받아들여."
디미트리가 움찔했다. "뭐?"
"타샤의 제안. 그녀가 하자는 대로 해. 정말 좋은 기회잖아."

로즈는 자신이 줄곧 거짓을 믿어왔으며 누군가를 사랑한다면 때로 놓아줄 줄 알아야 한다는 사실을 깨닫는다.

## 영혼의 상처 부여하기

캐릭터의 성격은 개인적인 역사의 결과여야 한다. 우리의 역사는 뇌 속에 복잡하게 얽혀 있고 우리는 그 경험을 바탕으로 사고하고 행동한다. 역사에는 좋은 일과 나쁜 일이 함께 존재한다. 누구나 인생에 크나큰 영향을 미친 창피하고 억울한 기억이 하나쯤은 있을 것이다. 내 경험을 말하자면, 회사 중역과 선임들로 가득 찬 아주 중요한 회의 시간이었다. 중간에 고개를 숙이고 바닥에 떨어뜨린 펜을 주웠을 때, 수상한 (그리고 불필요하게 큰) 찢어지는 소리가 들렸다. 내 바지가 위에서부터 아래까지 쭉 찢어지는 소리였다. 속옷(하필이면 거의 해어진)이 다 드러났다. 그날 그 회의실에서 나의 일부분은 사망했다. 지금도 그곳에 가보면 구석에 말라붙어 조용히 화석이 된 내 존엄성을 볼 수 있을지 모른다.

소설 속 캐릭터의 트라우마(혹은 흑역사)가 중요한 이유는 이것이 인물의 반사적인 반응과, 미래의 선택에 영향을 미치기 때문이다. 나는 이런 중요한 사건을 '영혼의 상처'라고 부른다. 영혼의 상처는 주인공의 삶에 매우 큰 영향을 미치는 사건이나 경험으로, 그가 행동하는 방식과 내리는 결정을 좌우한다. 덧붙이자면, 영혼의 상처가 필요한 것은 히어로뿐만이 아니다. 빌런도 마찬가지다.

---

**예시 〈레이더스〉의 인디아나 존스**

인디아나 존스는 열세 살 때 도굴꾼의 물건을 훔치고 그를 피하려다 뱀이 들어있는 궤짝에 빠진 적이 있다. 인디아나는 그 일을 겪은 후로부터 뱀을 무서워하게 된다. 〈레이더스〉에는 '뱀을 마주하는 시험'이라는 모티프가 계속해서 등장한다. 인디아나는 이야기의 다음 장으로 넘어갈 준비가 되었다는 것을 증명하기 위해 뱀 테스트를 통과해야 한다. 이 시험은 영화의 마지막 장면에서 절정을 이룬다.

## 상처는 행동의 동기가 되기도 한다

캐릭터가 지닌 영혼의 상처는 두려움을 일으키기도 하지만, 행동의 동기가 되기도 한다. J.R.R. 톨킨의 『반지의 제왕』에는 아라곤이 반지 원정대의 일원으로 등장한다. 그는 절대 반지를 파괴하는 데 실패한 선조의 후예다. 그래서 그는 프로도를 보호하고, 반지를 파괴하는 기나긴 여정에 참여하게 된다. 영혼의 상처는 캐릭터의 특징과는 별개로 그의 행동 동기를 이해하는 핵심 요소다. 캐릭터의 말, 행동, 태도를 일관적이면서도 설득력 있게 보여주려면 영혼의 상처를 반드시 염두에 두어야 한다. 한평생 소박하고 평탄하게 살던 사람이 갑작스레 연쇄살인범이 되지는 않는다. 그 끔찍한 순간에 이르기까지 오랜 역사가 쌓였을 것이다.

## 히어로와 빌런의 차이

둘의 차이로는 여러 가지를 꼽을 수 있지만, 가장 중요한 차이점은 영혼의 상처에 대한 반응이다. 나는 인생에서 통제할 수 있는 것은 오직 두 가지, 생각과 행동뿐이라고 믿는다. 히어로와 빌런은 같은 상처를 지녔지만, 상처에 대한 대응이 서로 다른 정신적 쌍둥이라고 할 수 있다.

---

**예시** 〈덱스터〉

주인공 덱스터 모건과 그의 형제 브라이언 모서는 똑같은 영혼의 상처가 있다. 그들은 어린 시절 어머니가 잔인하게 살해당하는 것을 목격했다. 어머니의 토막 난 시체와 함께 컨테이너에 며칠 동안 갇혀 있던 경험은 두 사람을 사이코패스와 살인마로 만들었다.
하지만 이후 두 사람 사이에는 차이가 발생한다.
끔찍한 사건을 겪은 후 덱스터는 오랫동안 경찰로 일한 새아버지에게 입양되었다.
아버지는 덱스터에게 반드시 따라야 할 도덕규범을 가르치고, 그가 살인 충동을 억제하도록 돕는다.
덱스터는 엄격하지만 애정 어린 환경에서 자라고, 아버지에게 배운 것들로 자신만의 '기준선'을 만들게 된다. 법이 심판하지 못한 범죄자들만 죽이고, 여자와 아이들은 건드리지 않는다는 것. 그러나 덱스터의 형은 동생과 다른 환경에서 성장하면서 이러한 기준선을 만들 기회를 얻지 못했고, 결국 내키면 누구든 토막 내 죽이는 가학적인 살인마가 된다.

덱스터와 그의 형은 같은 사건을 겪었고, 결국 두 사람 모두 살인자가 된다. 하지만 한 사람에게는 일정한 가치관이 있고, 한 사람은 그렇지 않다. '영혼의 상처'는 중대한 영향을 끼치지만, 그에 대한 반응으로 어떤 행동을 할 것인지, 어떤 사람이 될 것인지는 그 인물의 선택에 따라 달라진다.

인생은 선택이다. 우리는 태어나기를 선택하지 않았지만, 이후 펼쳐지는 삶에 대해서는 순간순간 반응하고 선택해야 한다. 타고난 자기 삶을 좋아할 수도 있고, 자기가 좋아하는 삶을 살기 위해 노력할 수도 있다. 영혼에 상처를 남긴 경험에 대한 반응이 그 사람을 정의한다. 어떤 선택과 결정을 하느냐가 빌런과 히어로를 만든다. 선하고 윤리적인 가치관을 따라 사는 길이 결코 쉬운 것은 아니다. 그런 인물 뒤에는 은은하게 빛나는 후광이 있다. 후광은 거저 얻을 수 있는 게 아니다. 노력은 고통스럽고 희생이 따른다. 선함을 행하기는 어렵다. 그래서 빌런은 쉬운 길을 택하고 히어로는 정의로운 길을 택한다.

## 3단계 요약

- 독자를 잡아끄는 가장 강한 요소는 주인공 캐릭터의 매력이다. 주인공을 어떻게 조형하느냐에 따라 작품과 독자의 관계가 달라진다.

- 독자는 주인공 캐릭터의 생각과 행동을 통해 자신을 돌아본다.

- 인류의 가장 보편적인 언어는 감정이다.

- 우리의 뇌는 '휴리스틱'이라는 어림짐작의 심리 규칙을 만들어 사용한다.

- 주인공은 긍정적인 특성과 부정적인 특성을 모두 지니고 있어야 한다. 주인공의 성격을 구성할 때, 독자에게 상반된 감정을 불러일으킬 수 있는 특성들을 선택하라.

- 이야기의 초반에 캐릭터는 '거짓'을 믿는다. 따라서 자신의 진짜 마음이나 진정한 힘을 깨닫지 못하고, 잘못된 방향으로 나아가려 한다. 거짓은 이야기 내내 캐릭터 내면의 어둠으로 작동한다. 캐릭터가 믿는 거짓은 주제와 연결되어야 한다.

- 캐릭터가 믿는 거짓은 이야기의 필수 요소인 갈등을 낳는다.

- 히어로 캐릭터가 자신이 거짓을 믿고 있었음을 깨닫고 변화하게 되면 캐릭터 아크가 완성된다. 그제서야 비로소 히어로는 빌런을 물리칠 수 있게 된다. 깨달음은 히어로가 빌런을

물리치는 데 필요한 캐릭터 아크의 마지막 퍼즐 조각이다.

---

- 독자에게 가장 큰 감정을 불러일으키는 것은 캐릭터가 기꺼이 선택한 희생이다.

---

- 주인공에게 트라우마, 영혼의 상처를 부여하라. 영혼의 상처는 캐릭터의 생각과 행동, 판단과 연결된다.

---

- 그러나 영혼의 상처 자체가 캐릭터의 특성을 결정짓는 건 아니다. 중요한 것은 상처에 대한 반응이다. 캐릭터가 내리는 선택에 따라 그는 히어로가 될 수도, 빌런이 될 수도 있다.

## 생각해볼 질문

- 나의 히어로 캐릭터에게는 어떤 역사와 영혼의 상처가 있는가?

- 나의 히어로 캐릭터가 믿는 거짓말은 무엇인가? 이것이 이야기 속에서 어떤 역할을 하는가?

# Step ↛ 4

# 캐릭터 원형 활용하기

## 히어로 캐릭터의 원형은 존재하지 않는다

그렇다. 나는 정말로 히어로 캐릭터의 원형archetype은 존재하지 않는다고 생각한다. 빌런 캐릭터라면 사이코 연쇄살인범, 팜므파탈, 어둠의 마법사 등 명확한 원형을 바로 떠올릴 수 있지만, 히어로 캐릭터의 원형은 제시하기가 훨씬 더 어렵다. 판타지 소설 속 '선택받은 자'나 범죄 수사극에 등장하는 '정의로운 경찰' 캐릭터를 떠올릴 수도 있겠지만, 그건 장르의 트롭이지 원형이 아니다.

그렇다면 작가는 히어로 캐릭터를 만들 때 무엇을 기반으로 삼아야 할까? 나는 고심 끝에 내가 히어로의 원형을 제대로 이해하고 있지 않다는 걸 깨달았다.

## 캐릭터 원형이란 무엇인가?

기본적인 정의부터 내려보자. 원형이란 캐릭터들이 사건의 전개를 위해, 특정 시간에 특정 기능을 수행하기 위해 '잠시 쓰는 가면'이다. '캐릭터의 가면'이 아니라는 사실에 주목하라. 원형은 하나의 플롯 장치, 즉 기능적인 도구로 쓰인다. 캐릭터 원형이란, 구체화된 하나의 실제 캐릭터를 뜻하는 게 아니라, 서사의 진행을 위해 캐릭터가 잠시 맡는 역할이다. 따라서 한 캐릭터는 하나 이상의 원형을 갖게 된다. 만약 캐릭터가 단 하나의 캐릭터 원형만을 갖고 있다면, 다시 말해 그 캐릭터가 처음부터 끝까지 주인공의 멘토 역할만을 한다면, 그야말로 아주 평면적이고 지루한 캐릭터가 될 것이다. 캐릭터는 반드시 복합적인 면모를 지녀야 한다. 인간이 그러하기 때문이다. 주인공인 히어로를 비롯하여 다른 캐릭터들이 하나의 역할만을 수행하게 하는 건 소설의 잠재력을 말려 죽이는 것과 같다.

### 이야기 기능으로서의 원형

캐릭터의 원형이란 캐릭터의 페르소나가 아니라, 이야기를 진전시키는 '도구'다. 그렇다면 '연인'은 원형일까? 아니다. 연인이라는 설정 자체가 갖는 기능은 없다. 연인은 캐릭터의 유형이며, 로맨스와 YA(영어덜트) 소설의 트롭이다. 앞에서도 여러 번 말했지만, 소설의 각 요소는 다른 모든 것들과 연결되어야 한다. 히어로 캐릭터는 물론이고 다른 캐릭터들도 주제에 담긴 각양각색의 윤리적 딜레마를 반영해야 한다. 이 모든 것이 작품 안에서 어우러져서 춤을 추는 듯해야 한다. 원형을 사용하는 방법도 크게 다르지 않다.

원형은 일시적이다. 당신의 히어로에게는 무엇이 필요한가? 그가 장애물을 마주했는가? 아니면 새로운 정보를 발견했는가? 아니면 누군가 그를 배신해야만 하는가? 지금 캐릭터가 어떤 기능을 해야 하는지(어떤 원형을 써야 하는지) 이야기가 지시해야 한다. 사람이 살면서 여러 다양한 역할을 하게 되는 것처럼 캐릭터도 마찬가지다.

히어로 캐릭터의 원형은 없다면서 왜 이 단계의 제목은 '캐릭터 원형 활용하기'인지 의아한 독자도 있을 것이다. 원형을 아예 배제하자는 게 아니다. 히어로 캐릭터를 강화하고 줄거리를 진행시키기 위해 캐릭터 원형의 기능은 꼭 필요하다. 『나는 전설이다』나 영화 〈캐스트 어웨이〉처럼 등장인물이 한두 명밖에 없는 소설이나 영화도 있지만, 대부분은 주인공과 상호작용하는 다른 등장인물들이 등장하고, 주인공은 그들의 영향을 받아 성장한다. 주인공이 변화하거나 자신의 진심을 알게 되는 그 과정에서 그를 자극하거나 도와주는 기능을 하는 원형들이 필요하다.

## 이야기는 사람과 같다

이야기를 한 명의 사람으로 생각하라. 막 시작된 이야기는 요람에 누워 있는 아기와 같다. 줄거리가 진행되면서 이야기는 갖가지 사건과 등장인물들로 채워지고, 이런저런 장애물을 겪으면서 커지고 성장한다. 이야기가 성숙함에 따라, 모든 하위 줄거리가 하나로 모아지고 퍼즐 조각이 맞춰지면서 히어로 캐릭터 또한 성숙해지고 지식(깨달음)을 얻는다. 그렇게 이야기는 노년으로 넘어가 결말을 맞이한다.

나는 이 비유를 좋아한다. 이야기 또한 사람처럼 일정 경로를 밟고 그 시간을 견뎌야 한다는 걸 보여주기 때문이다. 우리가 이야기를 좋아하는 이유는 이야기가 인생을 반영하기 때문이다. 캐릭터의 삶에 자신의 인생을 투영해 보고, 캐릭터의 선택을 곱씹으며 깨달음을 얻는다. 때로는 캐릭터가 자신과 너무 다르다는 사실에 충격을 받거나 안심하기도 한다.

이야기는 첫 장의 훅hook에서 태어나 줄거리가 진행되며 성장하고 발전하다가 클라이맥스에 이르고 결국 결말과 함께 죽음을 맞이한다. 크리스토퍼 보글러는 『신화, 영웅 그리고 시나리오 쓰기』에서 다음과 같이 설명한다.

> 이야기 속 히어로는 때로 다른 캐릭터들의 개별적 에너지와 특징을 끌어모아 통합함으로써 앞으로 나아간다. 히어로는 여정에서 만나는 다른 모든 캐릭터에게서 배울 점을 취하고 배운 것을 통합함으로써 완전한 존재가 되고자 한다.

보글러는 히어로가 다른 캐릭터들과 상호작용하고 장애물을 겪으며 완전한 존재가 된다고 설명했지만, 나는 히어로가 아닌 이야기가 완전해진다고 생각하는 걸 더 좋아한다. 히어로가 이야기의 구현체이지, 그 반대는 아니기 때문이다.

## 원형 1 친구

기억을 더듬어서 인생의 절친을 떠올려보자. 가장 오래된 친구를 떠올렸는가? 20대 초반에 클럽 화장실에서 토하는 동안 당신의 머리를 잡아주었던? 좋다.

### 친구의 기능

인간은 사교적인 동물이다. 우리는 타인에게 얻는 위안을 갈망한다. 인간 존재를 섬이나 외로운 늑대에 비유하기도 하지만, 알다시피 늑대는 무리 지어 살고 섬들은 군도 형태로 형성된다. 모든 히어로에게는 친구와 동맹이 필요하다. '친구'는 우리가 슬럼프에 빠졌을 때 다시 펜을 잡게 해주고(동기부여) 바보 같은 짓을 하지 않게 도와주며(양심) 실연당했을 때 기대어 울 수 있는 어깨를 내어주는(동료애) 등 수많은 역할을 한다. 소설 속 친구의 기능 역시 다양하다.

### 친구가 필요한 이유

친구 원형의 기능으로는 동기부여, 문제 해결, 동지애, 정보 전달, 그리고 가장 중요한 양심 등이 있다. 하는 일이 정말 많기도 하다. 바로 그렇기 때문에 친구·협력자는 이야기에서 가장 자주 사용되는 장치 중 하나다. 리클라이너 소파에 앉아 히어로에게 조언을 해주는 상담사 또한 친구의 기능을 수행한다. 이들의 존재 목적은 히어로의 감정에 대해 이야기를 나누고, 필요할 때 도전을 제시하며, 그의 여정에 동행해줌으로써 히어로의 캐릭터 아크가 완성되도록 도와주는 것이다.

친구는 히어로가 악한 꾐에 넘어가거나 의혹에 휩쓸려갈 때 잊고 있던 무언가를 상기시키며 처음의 목적을 기억하게 한다. 히어로가 캐릭터 아크를 완성하기 위해 반드시 나아가야 할 방향을 일러주며 행동을 촉구하는 것도 친구의 역할이다.

『반지의 제왕』에서 샘 와이즈는 프로도의 여행을 처음부터 거의 끝까지 함께하는 충실한 동반자이며, 프로도가 골룸과 어둠의 마왕이 내뿜는 사악한 힘에 빠져들지 않게 돕는다. 『해리 포터』의 해리에게는 헤르미온느, 론, 덤블도어, 해그리드 등 각가지 역할을 충실히 수행하는 친구들이 많다. 시리즈 내내 교활한 여우 역할을 도맡던 스네이프도 남몰래 협력자가 되어준다. 친구가 꼭 인간일 필요는 없다. 『왕좌의 게임』의 존 스노우에게는 그를 지키고, 함께 싸워주는 고스트라는 늑대가 있다.

내가 가장 좋아하는 건 '예상 밖의 친구'다. 예측할 수 없는 이야기만큼 재미있는 이야기는 없다. 마찬가지로 가장 흥미로운 캐릭터는 예상치 못한 캐릭터다. 친구가 반드시 처음부터 끝까지 히어로의 협력자일 필요는 없다는 뜻이다. 히어로의 신뢰를 얻기 전에는 빌런이나 적대자일 수도 있다. 미국 드라마 〈원스 어폰 어타임〉에 나오는 이블 퀸 레지나 밀스는 빌런이 히어로의 친구가 된 예다. 이 작품 내에서 가장 많은 성장을 보여준 캐릭터로 평가받는 레지나는 빌런의 아크를 거꾸로 뒤집은 캐릭터 아크를 보여준다. 빌런에서 점차 멀어지는 구원의 여정을 밟는 레지나는 백설공주와 구원자의 신뢰를 얻고 결국 히어로가 된다.

## 스승

스승이라는 단어를 보면 흰 수염에 뱃살이 넉넉한 노인을 떠올리게 된다. 『해리 포터』의 덤블도어 같은 캐릭터 말이다. 하지만 너무 뻔한 캐릭터를 만드는 일은 이제 그만하도록 하자.

### 스승의 기능

스승은 마치 부모처럼 히어로를 보살피고 양육하며 교육한다. 우리는 일생에 거쳐 여러 스승을 만난다. 천편일률적인 교과 방식이 아닌 자기만의 교육 철학으로 문학을 가르쳐주던 학교 선생님, 나를 인정해준 첫 직장의 상사, 바쁜 시간을 쪼개 나를 도와주는 업계 선배 등 스승의 원형은 일상에서도 쉽게 찾아볼 수 있다.

### 스승이 필요한 이유

히어로에게 스승이 필요한 이유는 분명하다. 그가 저지를 게 분명한 바보짓을 막기 위해서다. 드라마 〈고담〉에서 젊은 브루스 웨인의 안내자는 집사 알프레드 페니워스다. 알프레드는 브루스가 그의 가족 회사인 웨인 엔터프라이즈를 매각하는 경솔한 짓을 하지 못하게 막는 것부터 연애에 관한 조언도 해주며, 심지어 그가 배트맨이 되었을 때 앞으로 직면하게 될 전투를 위해 훈련까지 시키며 그를 지도한다.

스승 원형은 거의 모든 장르에서 등장하지만 특히 어린 독자들을 겨냥한 이야기에서 자주 볼 수 있다. 예컨대 '고아' 트롭이 있는 YA 소설에는 어머니, 아버지 역할을 하는 스승이 꼭 등장하곤 한다.

## 스승의 세 가지 기능

스승은 주로 히어로를 가르치고, 보호하고, 선물을 주는 세 가지 기능을 한다.

• 가르침

히어로에겐 가르침이 필요하다. 이야기 초반의 히어로는 어둠에 빠져 있거나 곧 빠지게 된다. 히어로에게는 결함이 있고, 점차 장애물을 마주하고 극복하는 과정을 통해 자기 자신에 대해 알아간다. 스승은 히어로에게 올바른 삶의 방식이나 기술(마법 등)을 가르쳐주고 여행에 중대한 도움을 줌으로써 그 과정이 빠르게 이루어질 수 있도록 추동한다. 스승은 히어로가 지닌 특별한 자질을 알아보며, 그것을 갈고닦게 한다.

브램 스토커의 소설 『드라큘라』에는 히어로 조나단 하커와 스승 반 헬싱이 등장한다. 반 헬싱은 하커에게 드라큘라의 치명적인 약점과 죽이는 방법(심장을 꿰뚫는 것)을 알려준다. 이것은 스승-히어로 간에 이뤄지는 일차원적인 가르침이다. 이런 역할에만 머문다면 반 헬싱은 매력적인 캐릭터가 아닐 것이다. 반 헬싱은 하커 내면의 얼어붙은 바다를 도끼로 깨부수는 역할을 하기도 한다. 깨달음을 주는 것이다. 이 작품에서 드라큘라는 세상에 존재하는 악을 상징한다. 순진한 히어로인 하커는 세계에는 선과 빛만 존재하는 게 아니라는 사실을 인정하기 어려워한다. 히어로가 기존의 믿음을 버려야(거짓을 깨달아야) 빌런을 무찌를 수 있기에, 반 헬싱은 하커가 깨달음을 얻을 수 있게 돕는다.

• 보호

히어로를 보호하는 방법에는 크게 두 가지가 있다. 하나는 요다처럼 포스를 가르치는 것이고, 다른 하나는 히어로를 언덕 아래로 내던지는 것이다. 히어로가 이야기의 다음 장으로 넘어갈 준비가 되었다면, 후자의 경우로 이어진다.

히어로에게 더는 스승이 필요하지 않은 순간이 오면, 때로 스승은 히어로가 길을 떠날 수 있도록 자신을 희생한다. 『반지의 제왕』에서 간달프가 발로그와 싸우는 것이 그 예다. 『해리 포터』에서는 시리우스, 덤블도어, 루핀, 심지어 스네이프까지 스승 역할을 했던 캐릭터들의 절반이 희생을 치른다. 〈스타워즈〉의 오비완 케노비도 루크가 탈출할 수 있도록 목숨을 희생한다.

• 선물

스승의 마지막 주요 기능은 바로 히어로에게 선물을 주는 것이다. 히어로는 스승이 갖고 있던, 혹은 오래도록 지켜온 운명적인 무언가를 받게 될 것이다.

여기서 주의해야 할 점이 있다. 물론 스승은 히어로의 승리를 바라마지않지만, 그렇다고 턱 하니 그 놀라운 선물(능력)을 줄 수는 없다. 그러면 현실성도 떨어질뿐더러 재미도 감동도 없다. 어른이라면 세상에 공짜는 없다는 걸 잘 알고 있다. 히어로도 마찬가지다. 히어로는 귀한 선물을 받기 전에 자신의 가치를 증명해야 한다. 반드시 눈에 띄는 성과를 이뤄내야 자신을 증명하게 되는 건 아니다. 거짓을 깨닫고 진실에 눈을 뜬다거나, 희생을 선택해 선물에 대한 권리를 얻기도 한다.

대의를 위해 헌신하고, 자신의 결점을 깨닫는 행위 등은 히어로가 정정당당하게 선물을 얻는 기회로 작용한다.

### 조금 '다른' 스승

지금까지는 모두 훌륭한 인품을 지닌, 존경할만한 스승 원형을 살펴보았다. 그러나 스승이라고 꼭 그래야만 할까? 조금 다르게 해보면 어떨까? 부모님이 가까이하지 말라고 경고할법한 그런 캐릭터가 때로 인생의 참스승이 되기도 하는 법이다. 예컨대 히어로가 머물던 따뜻하고 완전한 세계에서 한 발짝 걸어 나오면 완전히 다른 삶이 있다는 걸 알려주는 그런 유형의 안내자 말이다. 아래는 조금 다른 스승들의 예다.

- 나쁜 스승

나쁜 스승은 히어로를 조종하여 어둠의 내리막길로 이끈다. 자신의 결점을 깨닫고 더 나은 방향으로 성장하는 긍정적인 캐릭터 아크를 갖는 히어로는 길을 헤매기는 해도 선을 넘어 빌런이 되지는 않는다. 따라서 히어로가 잠시 내리막길을 걸으며 재미를 찾는다고 해서 나쁠 것은 없다. 장르에 따라 히어로는 흑마술, 금지된 기술, 암살 기술 등에 손을 댈 수도 있다.

나쁜 스승의 가장 큰 동기는 그다지 좋지 않은 그들의 유산을 물려주고자 하는 욕망이다. 그들은 히어로가 자신의 후계자가 되기를 바란다. 나쁜 스승도 좋은 스승처럼 인내심이 매우 강한 편이다. 이들에게는 주로 과거에 가혹한 시련을 겪은 역사가 있으며, 히어로를 몰아붙이는 걸 즐기는 경향이 있다.

내가 가장 좋아하는 나쁜 스승은 데이비드 핀처 감독의 영화

〈파이트 클럽〉의 타일러 더든이다. 타일러는 처음에는 전혀 해로운 인물이 아닌 것처럼 보인다. 주인공 잭은 비행기에서 우연히 자신과 같은 가방을 사용하는 비누 장수 타일러를 만난다. 타일러는 잭에게 자신을 흠씬 두들겨 패달라고 주문한다. 잭은 한사코 거절하지만, 설득 끝에 타일러의 얼굴에 주먹을 날린다. 둘은 결국 몸싸움을 하게 되고, 잭은 그 과정에서 폭력의 카타르시스를 경험한다.

나쁜 스승 캐릭터가 반드시 인물일 필요는 없다. 예컨대 『해리포터와 혼혈왕자』에서 해리는 우연히 온갖 팁이 적혀 있는 마법 약 교과서를 발견한다. 해리는 그 책에 적힌 주문을 외워뒀다가 (주문이 어떤 위력을 갖는지 모르는 채) 말포이를 상대로 사용한다. 결국 말포이는 피를 끝없이 흘리며 쓰러지게 된다. 그 외에도 조지 R.R. 마틴의 『얼음과 불의 노래』에 나오는 리틀핑거, 영화 〈월스트리트〉의 고든 게코가 있다.

- 보이지 않는 스승

히어로에게 지식과 기술을 가르치는 것이 스승의 주된 기능이지만, 유일한 기능은 아니다. 나는 특히 스승이 히어로의 양심 기능을 하는 것을 좋아한다. 예컨대 제프 린지가 쓴 『덱스터』의 히어로 덱스터는 돌아가신 아버지에게서 배운 윤리 규범에 따라 생각하고 행동한다. 스승의 가르침을 내재화한 것이다. 드라마가 전개되는 내내 덱스터는 이 규범을 양심 삼아 결정을 내린다. 보이지 않는 스승의 예로는 아서 왕 이야기의 멀린, 『헝거 게임』의 헤이미치, 『반지의 제왕』의 간달프, 『신데렐라』의 요정 대모 등을 들 수 있다.

## 원형 3 도전자

### 도전자의 기능

히어로는 도전자를 만나야만 이야기의 다음 부분으로 넘어갈 수 있다.

### 도전자가 필요한 이유

히어로 캐릭터가 변화하고 발전하기 위해서는 이야기가 진행되는 동안 거듭해서 도전을 받아야 한다. 도전자는 히어로를 시험에 들게 하고, 그가 이야기의 다음 단계로 나아갈 준비가 되었는지(충분히 배우거나 변화했는지) 확인하는 역할을 한다.

이야기 초반에 등장하는 도전자는 '진짜' 빌런이 아닌 경우가 많다. '진짜' 빌런이라 함은 모든 도전자의 끝판왕이자 최종 보스를 말한다. 게임할 때 최종 라운드에 가기까지 낮은 단계의 시험을 통과해야 하듯, 이야기에서도 높은 산을 넘기 전에 먼저 야트막한 동산부터 넘어서야 한다. 이 동산이 바로 도전자다. 가장 강력하고 끝내주는 빌런은 이야기의 클라이맥스에 다다랐을 때 등장한다. 앞에서 이미 살펴보았듯이, 한 캐릭터는 여러 원형의 기능을 수행한다. 전반부에서 도전자로 등장했던 사이드 캐릭터가 후반부에서는 협력자로 나오기도 한다.

---

**예시** 〈블랙 팬서〉의 음바쿠

음바쿠는 자바리 부족의 지도자이다. 그는 트찰라의 왕위 계승식에서 그의 즉위를 반대하며 도전장을 내민다. 이 결투에서 승리한 트찰라는 왕이 될 자격을 얻고 음바쿠도 이를 인정하게 된다. 이후 에릭 킬몽거가 와칸다에 쳐들어와 위협하자 음바쿠는 트찰라의 편에 서서 그의 목숨을 구하고 군대를 이끌며 트찰라의 조력자가 되어준다.

도전자는 표면적으로 히어로가 극복해야 할 신체적, 정신적 도전을 제시한다. 하지만 표면 아래에 있는 모든 요소는 거미줄처럼 연결되어 있어야 함을 잊지 말자. 히어로가 도전자로 인해 겪게 되는 어려움은 이야기의 주제와 히어로의 특징(이자 결점)을 은은히 드러내야 한다. 히어로가 극복해야 하는 바로 그 약점을 시험해야 하는 것이다. 히어로는 앞으로 나아가기 위해 시험에 응하고 한계를 극복해야 한다.

영화 〈매트릭스〉에서 히어로의 친구이자 스승 모피어스와 이 세계의 예언자 오라클은 둘 다 도전자로 기능한다. 오라클은 네오가 인류를 구할 '그The One', 즉 선택받은 자가 아니라는 예언으로 그의 마음속에 의심의 씨앗을 심는다. 그러나 이는 네오가 자신에 대한 의심을 극복함으로써 스미스 요원을 물리치는 데 필요한 힘을 갖추게 하기 위한 것이었다. 오라클은 멘토가 되기도 한다.

이야기의 초반에 등장하는 모피어스는 도전자에서 스승으로, 이어서 친구로 기능하는 캐릭터다. 그는 네오에게 진실을 알고 자유로워질 것인지, 진실을 모른 채 거짓과 함께 살 것인지 선택하게 한다(빨간 알약과 파란 알약 중 하나를 선택하는 것으로 상징된다). 모피어스는 오라클처럼 여러 가지 기능을 수행한다.

『해리 포터와 마법사의 돌』에는 머리 셋 달린 개가 도전자로 등장한다. 마법사의 돌을 지키는 여러 마법 주문들도 캐릭터는 아니지만 모두 도전자 기능을 한다. 해리, 론, 헤르미온느는 그 주문을 풀고 대항하기 위해 협력한다.

## 원형 4 헤르메스

### 헤르메스의 기능

헤르메스(그리스 신화에 등장하는 전령의 신)는 히어로에게 중요한 정보를 전달한다. 그는 좋은 소식, 나쁜 소식, 불명확한 예언 등을 전한다. 헤르메스의 정보 전달은 히어로의 변화나 이야기의 전개로 이어진다. 헤르메스는 주로 이야기의 초반에 히어로에게 '행동을 촉구'한다.

### 헤르메스가 필요한 이유

헤르메스는 주저하는 히어로에게 결정적 정보를 전달해 그를 행동으로 이끈다. 지혜로운 스승이 헤르메스의 역할을 겸하기도 한다. 때로는 빌런이 직접 헤르메스가 되기도 한다. 영화 〈다크 나이트〉의 조커는 헤르메스 기능을 하는 빌런의 훌륭한 예다. 〈헝거 게임〉의 에피와 〈매트릭스〉의 오라클도 대표적인 헤르메스라고 할 수 있다. 〈왕좌의 게임〉에 나오는 네드 스타크의 유명한 대사 "겨울이 오고 있다Winter is coming"도 헤르메스 기능을 하는 메시지다.

다른 캐릭터 원형과 마찬가지로 헤르메스 또한 인물로 정형화할 필요 없다. 〈신데렐라〉에서 신데렐라가 받는 무도회 초대장이나 〈스타워즈〉 시리즈의 R2D2도 헤르메스 역할을 수행한다.

## 원형 5 교활한 여우

### 교활한 여우의 목적

교활한 여우는 이야기에 서스펜스를 더하고 히어로에게 의심을 불어넣는다.

### 교활한 여우가 필요한 이유

의심은 이야기의 긴장감을 높인다. 히어로(그리고 독자)가 질문을 품게 되기 때문이다. 인간(다시 말해, 독자)은 언제나 질문의 답을 원한다. 따라서 교활한 여우 캐릭터는 독자의 흥미를 사로잡는 데 유용하게 쓰인다. 일단 질문이 던져지고, 그것이 충분히 흥미롭다면 독자는 손에 땀을 쥐고 페이지를 넘기게 된다. 교활한 여우는 장르에 상관없이 거의 모든 캐릭터로 구현할 수 있어서 가장 유연한 원형 가운데 하나기도 하다.

교활한 여우는 긍정적인 유형과 부정적인 유형으로 나눌 수 있다. 긍정적인 교활한 여우는 처음에는 의심스러워 보이지만 결국 조력자나 연인 등 좋은 인물로 드러난다. 예를 들어, 로맨스 장르에서 주인공의 애정 상대는 보통 교활한 여우처럼 행동한다.

의도적이든 아니든 주인공은 상대방이 변덕스럽다고 생각할 것이다(그러나 사실은 본인의 불안함 때문일 경우가 많다). 애정 상대의 모호한 태도는 주인공의 마음에 심리적 또는 도덕적 장벽을 만들고, 이야기는 이 장벽을 뚫고 나아가는 방향으로 흘러간다.

부정적인 유형의 교활한 여우는 검은 속내를 숨기고 있거나 의뭉스러운 면이 있어 이야기에 의심을 불어넣는다. 영화 〈위험한 정사〉에서 글렌 클로스가 연기한 알렉스 포레스트는 완벽한 애인에서 가학적인 살인자로 변하는 교활한 여우 원형의 대표격이라 할 수 있다. 반전 영화의 고전인 〈유주얼 서스펙트〉의 카이저 소제는 개인적으로 가장 좋아하는 교활한 여우의 원형이다. 영화의 시작부터 거의 끝까지 조용한 신사이자 장애인으로 주목을 끌지 않던 그는 마지막 순간에 정체를 드러내고, 관객들에게 어안이 벙벙해지는 경험을 선사한다. 리 바두고의 『섀도우 앤 본 2』에는 결정적인 지점에 가서야 왕자임이 밝혀지는 니콜라이 란초프 캐릭터가 등장한다. 디즈니 영화 〈라이온 킹〉의 스카는 아주 못되고 교활한 여우의 예다. 스카는 왕위를 차지하기 위해 심바의 아버지를 죽게 하고, 그의 죽음을 심바의 탓으로 돌린다. 교활한 여우의 다른 예로는 〈인디아나 존스〉의 엘사 슈나이더 박사, 〈겨울왕국〉의 한스 왕자 등이 있다.

## 원형 6 광대

### 광대의 기능

어릿광대는 이야기에 장난과 재미 요소를 더해준다. 변화의 필요성을 알리는 상징으로 나타나기도 하지만, 보통은 찰진 농담을 뿌리고 오만한 이들의 뺨을 때리며 즐거움을 준다. 위선과 기만, 부정을 재치 있게 꼬집기도 한다.

### 광대가 필요한 이유

유머는 언제 어디서나 필요하다. 인생의 가장 힘든 시기를 지날 때도, 그때라면 특히나 더 유머가 필요하다. 이야기에도 적정량의 유머를 주입할 필요가 있다. 훌륭한 작가들은 광대를 통해 웃음을 자아내게 하면서도, 중의적인 의미를 갖는 뼈 있는 농담을 던져 뉘앙스를 강화한다. 광대는 '무엇인가 잘못되었다'라는 미묘한 느낌을 자아냄으로써 다른 캐릭터들을 변하게 만드는 촉매제 역할을 한다. 하지만 광대 자신은 변화하지 않는데, 그런 면에서는 반영웅과도 비슷하다. 대표적인 어릿광대로는 〈라이온 킹〉의 티몬과 품바, 북유럽 신화의 로키, 『해리 포터』의 집 요정 도비, 『반지의 제왕』의 메리와 피핀, 닐 게이먼이 쓴 『신들의 전쟁』 속 로키, 『올리버 트위스트』의 아트풀 도저가 있다.

## 원형 7 빌런

### 빌런의 기능

빌런이 약하면 스토리도 약할 수밖에 없다. 끝내주는 빌런 캐릭터를 만들고 싶다면 『빌런의 공식』을 읽어보기 바란다. 빌런은 히어로의 변화와 성장을 이끌어낸다. 빌런은 갈등의 원천이자 히어로가 반드시 넘어서야 하는 가장 중요한 장벽이다. '장벽'이라는 비유처럼, 빌런이 꼭 인물일 필요는 없다. 부패한 정부나 사회 시스템일 수도 있다. 이 경우 빌런은 그 사회를 대표하는 인물로 나타난다. 예를 들어 〈헝거 게임〉의 빌런은 작품의 배경이 되는 공간인 '캐피톨'의 대통령 스노우다. 스노우는 캐피톨이 상징하는 가치(극단적으로 비인간적이며 비윤리적인)를 똘똘 뭉쳐 인간으로 구현해낸 캐릭터라고 할 수 있다.

### 빌런이 필요한 이유

히어로가 모든 걸 너무 쉽게 이룬다면 히어로일 수 없을 것이다. 물론 독자들은 히어로가 빌런을 이기고 승리할 거라는 걸 알고 있지만, 작품의 재미는 히어로가 위태롭고 아슬아슬하게 위기를 헤쳐 나가는 모습을 지켜보는 데에 있다. 빌런은 히어로가 목표에 도달하기까지 수많은 난관을 겪게 하고, 갈등과 긴장감을 유발하며 속도감을 불어넣는다. 지금까지 설명한 다른 캐릭터 원형과 달리 빌런은 어떤 형태로든, 이야기 전반에 걸쳐 필요하다. 빌런 또한 다른 캐릭터 원형처럼 반드시 물리적인 존재로 나타날 필요는 없다. 빌런 '캐릭터'가 없는 이야기라면 중대한 갈등이 있어야만 한다. 즉 '빌런'이 '갈등'으로 대체되는 것이다.

점보제트기를 조종하려면 양력과 추진력이 모두 필요하다. 둘 중 하나가 없으면 비행기는 이륙할 수 없고 둘 다 없으면 비행기는 그저 쇳덩어리에 불과할 뿐이다. 이야기도 마찬가지다. 히어로가 갈등을 겪지 않으면 이야기는 루즈해지고, 독자들을 사로잡을 속도와 긴장감은 사라진다. 아동용 티셔츠에 그려진 티라노사우루스처럼 단순하고 단조로워질 뿐이다.

당신의 이야기에 빌런 캐릭터가 나온다고 가정해보자. 빌런은 히어로가 안고 있는 가장 큰 문제의 원인 제공자가 되어야 한다. 빌런을 쓰러뜨리려는 히어로의 동기가 강력한 만큼, 빌런에게도 히어로를 쓰러뜨리겠다는 강력한 동기가 주어져야 한다. 제대로 된 빌런에게는 한두 가지 긍정적인 특정이 있기 마련이다. 어떤 캐릭터도 '절대 악'은 아니다(물론 현실에는 그런 사람이 있는 것 같지만). 가장 위험하고도 흥미로운 빌런은 자신이 빌런이라는 걸 믿지 않는 빌런이다. 이런 빌런은 자신이 하는 일이 악하지 않고 실제로 옳다고 생각하기 때문에 자기 목숨을 포함한 모든 걸 걸고 끝까지 간다. 영화 〈어벤져스: 인피니티 워〉의 타노스가 바로 이런 빌런이다. 그는 심지어 애수 어린 상실감을 느끼는 것으로 표현되어 입체감 있는 캐릭터로 사랑받았다.

빌런에게 인간적인 면이 있으면 그를 무찌르려는 히어로에게 도덕적 고뇌를 안길 수 있고, 히어로의 목표 달성은 더욱 어려워진다. 히어로의 승리는 모든 면에서 어려운 일이어야 한다. 인간성을 가진 빌런 또는 부분적으로 '선해 보이는' 빌런은 죽이거나 무찌르기 더 어렵다.

마지막으로, 빌런은 클라이맥스를 위해 꼭 필요하다. 히어로가 빌런에게 '최후의 일격'을 가하며 이야기는 절정을 맞이한다.

## MBTI 이용해 원형 만들기

캐릭터를 만들기 위해서는 먼저 인간의 성격 유형을 알고 특성을 이해하는 작업이 필요하다. 기본적인 성격 유형은 글쓰기 원칙과 비슷하다. 원칙을 먼저 깨우쳐야 활용도 하고 변주도 할 수 있는 법이다. 자, 마이어스 브릭스 유형 지표MBTI가 등장해야 할 시간이다.

나는 MBTI 전문가는 아니고 그저 MBTI를 무척이나 좋아하는 사람이다. 그래도 심리학을 6년간 공부했고 학사 과정을 우수한 성적으로 졸업했으며 석사 학위도 받았다. 그래도 영 미덥지 않다고 생각할 사람들을 위해서, 다음에 나오는 글은 전문 임상심리학자에게 검수를 받았다.

### 글쓰기에 MBTI가 필요한 이유

먼저, MBTI란 무엇인가? 정식으로 설명하자면 이렇다. MBTI란 1940년대에 캐서린 브릭스와 그의 딸 이소벨 브릭스 마이어스가 카를 융의 성격 이론에 기초하여 개발한 성격 유형 검사로, 사람의 성격을 16가지 유형으로 나눠 설명한다. 여기서 MBTI를 소개하는 이유는 하나다. 각 성격 유형에 제공되는 정보가 캐릭터 개발에 유용한 자료가 되기 때문이다.

MBTI는 사람의 성격을 4가지 지표로 분류하며, 각 지표에는 2가지의 선호 경향이 있다. MBTI는 성격 유형별로 갖는 기본 성향은 물론, 의사소통 방식과 스트레스 상황에서의 반응 등을 알려준다. 당신의 히어로는 이야기가 전개됨에 따라 상당한 스트레스를 받게 될 테니, 이 성격 지표를 참고해도 좋을 것이다.

그러나 유의해야 한다. MBTI는 4가지 지표에 대한 개인의 선호 경향을 보여줄 뿐, 개인의 성격과 행동은 고정되어 있지 않다. 사람은 복잡한 존재이므로, 본인의 MBTI와 다르게 행동할 수 있다는 뜻이다.

그럼에도 MBTI는 글쓰기에 유용하다. 특히 이야기의 초반에 주인공의 변화 전 모습을 보여주는 데 좋은 참고가 된다. 일상에서의 성격이 정해져야 주인공이 도전자와 빌런을 마주하며 타성을 버리고 변화하며 성장하는 모습을 보여줄 수 있기 때문이다. 아래에 각 지표의 선호 경향을 정리해두었다. 캐릭터의 기본 성향과 사건 전개에 따라 보일 내면의 변화 양상 등을 구성할 때 참고하자.

### MBTI 지표

- I-E 지표

**내향형**[I]: 내향형을 수줍음과 혼동하면 안 된다. 내향적인 성향의 사람은 외부 세계보다 내면에 집중한다. 그들은 자기 생각과 삶, 세계에 대해 성찰함으로써 에너지를 모은다. 조용히 생각에 잠길 때가 많고 홀로 정보를 처리할 시간이 필요하다.

**외향형**[E]: 수다스럽고 시끄러운 사람들과 이들을 혼동하지 말자. 외향적인 성향의 사람은 외부 세계에 에너지를 집중한다.

다른 사람들과의 상호작용과 활동을 통해 에너지를 얻으며 침묵 속에서 생각하기보다는 사람들과 이야기를 나누며 생각을 정리한다.

- S-N 지표

**감각형**S: 눈으로 보는 것을 비롯해 신체 감각을 통해 받아들이는 실질적인 정보와 경험을 중시한다. 주변의 세세한 부분까지 관찰하며, 실용적이고 구체적이다.

**직관형**N: 정보와 정보를 연결하고, 그 사이의 관계와 패턴을 보는 이들은 눈앞에 주어진 정보나 디테일을 확장하여 큰 그림을 본다. 이상적이며 창의적이다.

- T-F 지표

**사고형**T: 감정을 배제하고 상황의 장단점을 논리적으로 평가한다. 비슷한 상황에 적용되는 하나의 원칙을 찾고자 하는 '해결사' 타입이다.

**감정형**F: 공감 능력이 높은 이들은 상황에 자신을 대입하고, 자신이 믿는 가치를 바탕으로 결정을 내린다. 자신의 결정이 타인에게 미칠 영향을 고려하며, 조화를 이루고자 한다.

- J-P 지표

**판단형**J: 계획적이고 조직적인 방식을 선호한다. 체계적이고 논리적으로 삶을 규제하고 관리하고자 한다.

**인식형**P: 유연성과 자발성을 선호한다. 삶을 통제하기보다는 상황에 따라 적응하며, 경험의 폭을 넓게 열어두고 활력을 얻는다.

### 캐릭터로 보는 MBTI

해리 포터는 ISTP 유형으로, 관대하고 유연하며 실용적인 해결책을 찾기 위해 사실과 논리를 검토하는 조용한 관찰자다. 『양들의 침묵』의 주인공 한니발 렉터와 드레이코 말포이는 MBTI가 같다. 둘 다 INTJ다. 도식화하는 걸 좋아하는 이들은 외부 환경을 관찰해 패턴을 발견하며, 달성해야 할 목표를 향해 체계적으로 나아간다. 회의적인 면이 있고, 스스로에 대한 성과 기준이 극도로 높으며 대단히 독립적이다. 〈겨울 왕국〉의 히어로 안나는 ENFP 유형이다. 성 바깥의 삶을 그리는 몽상가 재질이며, 사기꾼 왕자 '한스'가 나타난 순간 그가 상징하는 모든 가능성과 사랑에 빠지는 못 말리는 로맨티스트다.

재밌게도 J.R.R 톨킨과 『반지의 제왕』 속 히어로 프로도 배긴스의 MBTI는 같다(내가 말하지 않았는가? 작가들은 정말로 자신과 자신의 히어로를 동일시하는 경향이 있다). 둘의 MBTI는 INFP로, 작가, 배우, 예술가가 많은 유형이다. 이들은 예술에 대한 감수성이 뛰어나며 이상주의적이고 창의적이다. 자세한 내용은 웹사이트(www.myersbriggs.org)를 방문하거나 참고 도서 목록을 확인하라.

## 4단계 요약

- '원형'이란 캐릭터들이 줄거리 전개를 위해, 특정 시간에 특정 기능을 수행하기 위해 잠시 쓰는 가면과 같다.
- 이야기는 사람과 비슷한 성장 단계를 거친다.
- 원형은 캐릭터라기보다 기능에 가깝다.

### 원형 1 친구

- 친구는 가장 자주 등장하는 원형이다.
- 친구는 히어로의 동반자, 동기부여자, 양심, 문제 해결자 등의 역할을 수행한다.

### 원형 2 스승

- 스승-제자 관계는 부모-자녀 관계와 유사하다.
- 스승의 주 기능은 세 가지다. 히어로를 가르치고, 히어로를 보호하며, 히어로에게 선물을 준다.
- 히어로의 타락을 원하는 '나쁜 스승'도 있다. 나쁜 스승은 히어로를 조종해서 어둠으로 이끈다.

### 원형 3 도전자

- 도전자는 히어로가 이야기의 다음 부분으로 나아갈 준비가 되어 있는지 시험하는 역할을 한다. 히어로의 배움이 충분한지, 얼만큼 변화했는지 가늠하는 지표가 된다.

- 도전자 캐릭터가 히어로의 결점, 약점을 공격하게 하라. 히어로가 빌런과 맞서기 전에 극복해내야 할 것들을 미리 시험하는 것이다.

### 원형 4 헤르메스

- 헤르메스는 히어로에게 결정적인 정보를 전한다. 보통 헤르메스는 이야기 초반에 주인공의 '행동을 촉구'한다.

- 헤르메스는 히어로나 히어로가 살고 있는 세계에 닥칠 소식을 전하며, 때로 예언을 하기도 한다.

### 원형 5 교활한 여우

- 줄거리에 서스펜스를, 히어로에게 의심을 불어넣고 싶다면 교활한 여우 캐릭터를 사용하라.

### 원형 6 광대

- 광대는 스토리에 찰진 농담을 뿌리고 오만한 이들의 뺨을 때리며 즐거움을 준다. 위선과 기만, 부정을 재치 있게 꼬집기도 한다.

원형 7 빌런

- 빌런은 히어로가 목표를 달성하지 못하도록 방해한다.

기능적인 측면에서, 빌런은 갈등과 긴장을 유발하여 이야기에 속도감을 불어넣고 히어로를 변화하고 성장하게 한다.

- MBTI 검사는 카를 융의 성격 이론에 기초한 성격 유형 지표다.

MBTI를 참고하여 캐릭터들의 기본 성향과 행동 패턴, 대화 방식 등을 설정해보자.

## 생각해볼 질문

- 내가 쓰는 장르에서 가장 흔히 볼 수 있는 캐릭터 원형은 무엇인가?

- 앞서 살펴본 7가지 원형 중 내 이야기와 주인공에게 필요한 것은 무엇인가?

- 내 이야기 속 캐릭터들의 MBTI는 무엇인가? 캐릭터의 기본 성향 파악을 위해 캐릭터별 MBTI를 정해보자.

Step ↛ 5

# 동기와 목표 설정하기

## 동기가 제일 중요하다

소설에서 캐릭터의 동기보다 중요한 것은 없다. 독자들이 캐릭터의 행동을 이해하고, 스토리가 추진력 있게 전개되기를 원한다면, 이야기를 움직이는 히어로 캐릭터에게 그럴 만한 동기가 있어야 한다.

우리가 하는 모든 일에는 '이유'가 있다. 어떤 사람이 음식을 마구 쑤셔 넣듯 먹고 있는 건 단순히 배고파서일 수도 있지만 스트레스 때문일 수도 있고, 실연한 뒤 허한 마음 때문일 수도 있다. 유독 야망이 넘치는 직장의 그 동료에게도, 삶에 도무지 흥미가 없는 것처럼 보이는 그 친구에게도 나름의 이유가 있을 것이다.

우리는 (대부분) 이성적인 사람이다. 우리는 합당한 이유로 행동을 취하고 꼭 그래야만 하는 경우가 아니면 돌이킬 수 없는 선택은 하지 않는다. 그러므로 당신의 히어로에게도 합당한 동기가 필요하다. 동기가 없는 캐릭터는 설득력을 잃거나 뻔해지며 그가 등장하는 줄거리까지 억지스러워진다. 만약 당신의 히어로가 아무런 이유 없이 어떤 건물에 들어가 우연히 폭탄을 발견하고 해체해 빌런을 물리친다면 독자들은 곧 당신의 이야기에 등을 돌릴 것이다. 우연의 일치가 발생해서는 안 된다. 다시 한번 강조하겠다. 히어로가 매달리던 일을 해결하거나 절체절명의 위험에서 벗어날 때 절대로 우연적인 요소가 있으면 안 된다. 우연히 문제에 휘말리는 것은 괜찮지만 확실한 이유 없이,

또는 자신의 가치를 증명해내는 노력이나 변화를 이끌어내는 여정 없이, 히어로에게 이로운 일이 생겨서는 안 된다.

## 동기와 목표 구분하기

동기와 목표는 혼동하기 쉽지만, 같지 않다. 히어로에게는 이 두 가지가 모두 필요하다. 목표는 히어로가 원하는 것이며, 그가 그것을 원하는 이유가 바로 동기다.

**예시** **〈쇼생크 탈출〉의 앤디 듀프레인**

앤디 듀프레인은 아내를 살해했다는 누명을 쓰고 감옥에 갇힌다.

- 그의 목표: 탈옥
- 그의 동기: 이유 없이 빼앗긴 자유를 되찾고 싶다.

동기가 중요한 이유는 동기가 갈등을 일으키기 때문이다. 동기가 없으면 갈등도 없고 갈등이 없으면 이야기도 없다.

# 동기는
# 변하지 않는다

목표는 이야기가 진행되면서 계속 바뀔 수 있지만, 동기는 캐릭터의 가치관이나 신념과 밀접하게 연결되므로 쉽게 변하지 않는다. 동기는 일단 형성되면 캐릭터에 착 달라붙어 이야기가 끝날 때까지 떨어지지 않는다. 동기는 이야기가 전개되면서 더욱더 깊어지고, 끝까지 갈 수 있도록 캐릭터를 밀어붙인다.

히어로의 동기는 플롯 전환점에서 더욱 깊어진다. 전환점에서 장애물이 나타나고, 히어로는 장애물에 대항하며 이야기가 발전한다. 히어로를 과자를 달라고 조르는 아이라고 생각해보라. 과자를 주지 않겠다고 하면 아이는 그 결정을 뒤집을 방법을

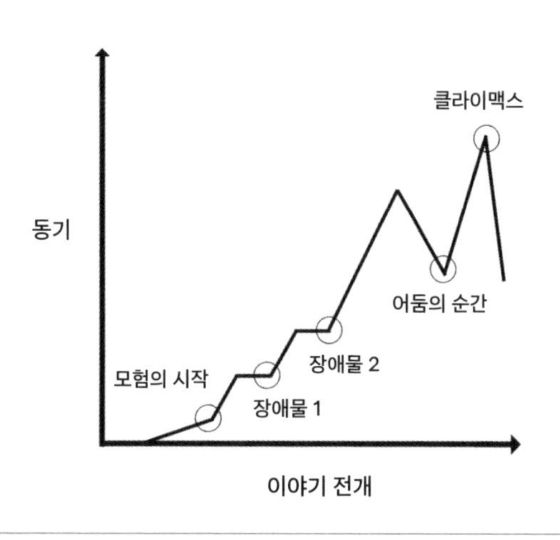

찾으려고 할 것이다. 히어로도 장애물을 만났을 때 똑같이 행동한다. 히어로는 장애물 앞에서 자신이 무엇을 원하는지, 그것을 위해 싸울 의향이 있는지 자문한다. 그렇게 앞으로 계속 나아가려는 히어로의 결심은 굳어진다. 캐릭터의 핵심 동기는 쉽게 변하지 않는다. 동기는 장애물 및 적대자들과의 상호작용을 통해 더욱더 깊어진다.

## 어둠의 순간

해 뜨기 직전이 가장 어두운 법이다. 표준적인 구조라면, 이야기의 대략 4분의 3 지점에서 히어로는 모든 것을 잃는 '어둠의 순간'을 맞이하게 된다.

이 지점에서 작가는 독자에게 히어로가 모든 희망을 잃었다는 것을 보여주어야 한다. 히어로는 아직 문제에 대한 명백한 해결책을 찾기 전으로, 독자들은 과연 그가 답을 찾을 수 있을지 궁금해진다.

---

예시 〈브리짓 존스〉의 일기

브리짓과 마크는 계속 맺어지지 못하고 우여곡절을 겪는다. 영화가 거의 끝나갈 무렵, 브리짓은 마크를 집으로 초대한다. 브리짓이 섹시한 속옷으로 갈아입는 사이 마크는 보란 듯이 펼쳐놓은 브리짓의 일기장을 보게 된다. 거기에는 그에 대한 험담이 적혀 있었다.

방에서 나온 브리짓은 그가 일기를 본 뒤 나가버렸다는 사실을 깨닫는다. 그와 함께하고 싶다는 브리짓의 동기는 무척 강하다. 브리짓은 눈 내리는 추운 날씨에 속옷 차림으로 마크를 찾으러 뛰쳐나간다. 이 장면이 바로 새벽이 밝아오기 전 브리짓이 맞이하는 어둠의 순간이다.

## 목표는 변한다

앞에서 말한 것처럼 히어로의 목표는 계속 변할 수 있다. 예컨대 처음의 목표는 오랫동안 선망해온 상대와 데이트하는 것이었다가, 연인이 빌런에게 납치된 뒤에는 그를 쫓아 연인을 구하는 것으로 변한다. 경찰에 신고를 하지만, 수사가 제대로 진행되지 않자 개인적인 수단을 동원해 연인을 찾고자 하는 식이다. 플롯 전환점과 새로운 정보가 주인공을 새로운 목표로 이끌 것이다.

## 외적 목표와 내적 목표

좋은 캐릭터는 다층적이다. 캐릭터의 매력을 살리려면 층을 더해주어야 한다. 다층적인 캐릭터 만들기는 복잡할 것 같지만 생각보다 간단하다. 인간은 원래 복잡한 존재다. 누구나 속으로 생각한 것과 다른 말을 하거나, 상반된 감정을 동시에 느낀 경험이 있을 것이다. 이런 것을 캐릭터에 녹여내면 된다.

먼저 외적 여정과 외적 목표, 내적 여정과 내적 목표에 집중해보자.

- 외적 여정과 외적 목표

외적 여정은 주인공의 행동과 선택을 중심으로 이루어진다. 외적 목표는 주로 은행을 털거나 공주를 구하는 것 같은 주인공의 외적 여정과 연결된다. 외적 목표는 명백한 물리적 형태를 띨 때가 많다. 이를테면 『반지의 제왕』의 프로도는 절대 반지 파괴라는 외적 목표가 있고 운명의 산으로 물리적인 여행을 떠난다. 하지만 드라마 〈프리즌 브레이크〉의 마이클 스코필드처럼 물리적인 특징이 덜한 과제(형을 탈옥시키는 것)가 목표일 수도 있다. 외적 목표는 스토리 목표라고도 할 수 있다.

- 내적 여정과 내적 목표

내적 여정은 이야기가 진행되는 동안 주인공에게 감정적, 정신적, 영적으로 일어나는 일을 말한다. 내적 목표는 주인공의 정서적 여정과 연결된다. 작품의 장르와 유형에 따라, 외적 여정만으로도 충분히 흥미로운 이야기를 만들 수 있다. 하지만 내적 목표를 설정해주면 캐릭터에 깊이가 생기고 캐릭터 아크를 더 정교하게 그릴 수 있다. 조던 로즌펠드는 『내밀한 캐릭터 만들기Writing The Intimate Character』에서 다음과 같이 말했다. "감정이 없는 사건은 단적으로 서술된 사실에 불과하다. 이야기가 전개되는 과정에서 변화하지 않는, 감정적인 여정이 없는 캐릭터는 독자의 공감과 관심을 얻지 못한다."

당신의 히어로는 내적 목표를 의식하지 못할 수도 있다. 그것이 소설의 묘미이기도 하다. 하지만 독자는 히어로가 모르는 것도 의식할 수 있다. 예를 들어, 작가는 주인공이 어린 시절 선생님에게 폭력적인 말을 들었던 장면을 보여준다. 선생님은 주인공에게 너 같은 멍청이는 처음이라며, 넌 절대 성공할 수 없을 거라고 악담을 퍼붓는다. 다음 장면에서 주인공은 상사에게 꾸지람을 듣고 있다. 상사는 주인공에게 너무 무능하다며 이럴 거면 나가라고 소리를 친다. 그리고 이어지는 장면에서는 오디션을 앞두고 극도로 초조해하는 주인공을 보여준다. 독자는 주인공이 왜 그렇게 자괴감에 휩싸여 있는지 추측할 수 있다. 지금까지 그를 믿어준 사람이 너무 적었기에 자신도 자기를 믿지 못하는 상황에 놓여 있다는 것 말이다.

내적 목표는 거의 항상 '내면의 악마(또는 영혼의 상처)'와 불가분의 관계에 있다. 앞에서 소개한 디즈니 영화 〈비행기〉의 주인공인 더스티는 농약 살포기 이상의 존재가 되고 싶어 한다(내적 목표). 하지만 자신의 결점(고소공포증) 또는 만들어진 대로 살아야 한다는 생각(반주제)에서 벗어나기 전까지는 목표를 이룰 수 없다.

## 동기에 디테일을 부여하는 법

외적 목표와 내적 목표 외에도, 캐릭터의 성격과 동기에 깊이를 더하는 방법이 하나 더 있다. 바로 동기와 관련된 디테일을 추가하는 것이다. 그렇다고 중간에 정보를 마구 투하하라는 말은 아니다. 히어로의 동기가 어디에서 비롯되었는지만 알아도 히어로가 나아갈 방향을 그럴듯하게 설정할 수 있다.

생각해볼 것

- 캐릭터의 동기는 어디에서 오는가?
- 과거의 어떤 상처가 동기의 기폭제 역할을 하는가?

『비셔스』의 일라이 에버

일라이는 엑스트라 오디너리EO의 능력을 얻어내 그 힘을 연구하고 싶어 한다. 힘을 얻고자 하는 일라이의 동기는 목숨까지 버릴 수 있을 만큼 강하다. 일라이는 결국 힘을 얻는 데 성공하고, 다른 EO들을 찾아 나선다. 그러나 애초의 목표였던 연구는 하지 않게 된다. 가까이에서 지켜본 그들이 너무 혐오스러웠기 때문이다. 대신 일라이는 그들이 저지르는 만행을 막고, 그들을 죽이기로 결심한다.

3단계에서 언급한 영혼의 상처를 떠올려보자. 주인공의 결함과 약점이 비롯된 과거의 상처 말이다. 작품의 거미줄을 제대로 활용할 수 있는 순간이다. 히어로의 동기가 영혼의 상처에서 나온다는 것은 무척 그럴듯한 이야기다. 벌어진 영혼의 상처에서 온갖 글감이 흘러나오기 마련이다.

영혼의 상처-법칙들

- 히어로가 답을 찾아야 하는 질문이 곧 주제다.
- 히어로의 결점은 주제에서 비롯되며, 그 결점은 영혼의 상처에서 나온다.
- 히어로가 무엇을 원하든 영혼의 상처가 치유되기 전까지는 목표를 달성할 수 없다.
- 히어로는 자신의 결점을 극복해야 한다.

히어로의 내적 갈등은 목표를 달성하고자 하는 과정에서, 결점과 영혼의 상처를 극복하려고 할 때 생기는 혼란에서 비롯된다. 외적 갈등은 스토리 목표, 즉 플롯에서 비롯된다.

## 5단계 요약

- 인간의 모든 행동에는 '이유'가 있다. 그것이 바로 동기이고, 당신의 히어로에게는 동기가 잔뜩 필요하다.

- 히어로가 문제를 해결하는 순간에는 절대로 우연이 개입하면 안 된다. 아이러니를 드러내려는 장치로 '우연'을 쓰는 게 아니라면, 너무 편리한 설정이 될 수 있기 때문이다.

- 캐릭터의 핵심 동기는 대체로 변하지 않으며, 이야기가 전개될수록 강해진다.

- 캐릭터의 목표는 이야기 전개에 따라 변할 수 있다.

- 내적 목표는 영혼의 상처와 긴밀히 연결되어 있다. 그러나 정작 히어로는 자신의 내적 목표 또는 영혼의 상처를 의식하지 못할 수 있다. 작가는 캐릭터가 의식하지 못하는 것들을 독자에게 보여줄 수 있다.

- 히어로의 동기와 과거를 연결하라. 그렇게 된 사연을 독자에게 보여주되, 직접적으로 구구절절 설명하는 건 삼가라.

## 생각해볼 질문

- 내 히어로 캐릭터의 목표와 동기는 무엇인가? 외적 여정과 외적 목표, 내적 여정과 내적 목표를 설정해보자.

- 히어로 캐릭터의 핵심 동기를 증폭시키는 플롯 전환점을 만들어보자.

# Step ↣ 6

# 캐릭터 아크와 이야기 구조 설정하기

## 캐릭터는 변화해야 한다

이야기가 시작되는 시점의 히어로는 결함이 있고, 바라는 무언가를 이루기엔 아직 부족한 상태다. 하지만 이야기가 전개됨에 따라 그는 장애물을 극복하며 변화하고, 결국 처음과는 다른(때로는 완전히 다른) 존재가 되며, 자기 자신과 세상을 조금 더 이해하며 이야기가 끝난다. 이렇게 주인공이 겪는 변화의 패턴을 캐릭터 아크character arc라고 한다. 이번 단계에는 히어로의 캐릭터 아크와 이야기 구조를 설정할 때 작가가 반드시 알아야 할 것들을 정리했다.

### 캐릭터 아크

캐릭터 아크는 크게 포지티브 아크, 네거티브 아크, 플랫(평면) 아크로 구분할 수 있다. 캐릭터 아크는 이야기의 결말에 따라 달라진다. 캐릭터가 상실을 겪거나 빌런으로 전락하는 등 비극적인 결말을 맞이한다면 '네거티브 아크'를, 마침내 결점을 극복하고 성장을 이루거나, 평화(외면의 것이든 내면의 것이든)를 찾게 된다면 '포지티브 아크'를 그리게 된다. 처음부터 완벽하여 변화나 성장을 이룰 필요가 없는 캐릭터는 '플랫 아크'를 그린다.

### 포지티브 아크Positive Arc

포지티브 아크는 소설과 영화 모두에서 가장 자주 사용되는 캐릭터 아크다. 이야기의 시작 지점에서 히어로는 결점이 있으며, 빌런과 맞서거나 문제를 해결하기에는 부족한 상태다. 하지만 이야기가 진행되면서 장애물을 극복하고 좋은 쪽으로 변화하며 빌런을 물리치는 데 필요한 힘을 얻게 된다. 이야기의 끝에서 히어로는 성장하거나 치유받거나 내면의 힘을 발견하는 등 처음보다 나은 존재가 된다. 포지티브 아크는 로맨스나 성장 소설은 물론 다양한 장르에 활용되며 가장 대중적이라고 할 수 있다.

### 네거티브 아크Negative Arc

네거티브 아크는 포지티브 아크를 뒤집은 것이다. 네거티브 아크를 지닌 주인공은 처음보다 타락하거나 나빠진 상태로 결말을 맞는다. 주인공은 깨달음을 얻는 대신 악이나 어둠으로 추락한다. 포지티브 아크가 캐릭터의 성장과 치유라면, 네거티브 아크는 캐릭터의 타락이나 환멸 등으로 그려진다. 주로 빌런이 네거티브 아크를 갖는 경우가 많지만, 히어로가 네거티브 아크를 그리기도 한다. 마리오 푸조의 소설 『대부』의 주인공 마이클 코를레오네, 오스카 와일드의 『도리안 그레이의 초상』의 도리안 그레이, 조지 R.R. 마틴이 쓴 『불과 얼음의 노래』의 세르세이 라니스터를 들 수 있다.

### 플랫 아크Flat Arc

가끔 변할 필요가 없는 주인공도 있다. 물샐틈없는 완벽함으로 우리를 사로잡는 셜록 홈즈 같은 캐릭터가 바로 그런 예다. 셜록처럼 처음부터 완성된 주인공 캐릭터는 높낮이가 없는 플랫 아크를 그린다. 다른 아크를 지닌 인물들과 달리 이 아크의 주인공은 변하지 않는다. 그래서 플롯 주도적인 소설이 되며, 히어로가 '만들어내는' 변화가 플롯을 주도한다. 이 구조는 반영웅 이야기 또는 범죄나 미스터리 같은 시리즈에서 흔히 볼 수 있다. 『헝거 게임』의 주인공 캣니스 에버딘의 캐릭터 아크도 평면적이라고 할 수 있다. 『헝거 게임』 속에서 변하는 건 캣니스가 아니라, 그가 상대하는 세상과 사람들이기 때문이다.

그러나 캐릭터 아크 종류와 상관없이 꼭 기억해야 할 게 있다. 주인공의 캐릭터 아크가 설령 평면적이라고 해도, 이야기에는 반드시 변화가 필요하다.

## 끝에서 시작하라

많은 프로들이 플롯에 관한 질문에 이렇게 조언한다. "끝부터 쓰기 시작하라." 이렇게 말하는 데는 타당한 이유가 있다. 도착점, 즉 결말을 확실히 안다면 거기까지 가는 경로를 그릴 수 있고, 정확한 지도가 있다면 훌륭한 소설이라는 고지에 금세 이를 수 있기 때문이다. 이야기를 만들 때 끝에서 시작해도 된다면, 히어로 캐릭터도 같은 방식으로 만들면 되지 않을까? 잠시 논리적으로 생각해보자. 만약 히어로가 어떤 결말을 맞게 될지 안다면, 그가 빌런을 물리치거나 문제를 해결하기 위해 어떤 인물이어야 하는지도 알 수 있을 것이다. 포지티브 아크나 네거티브 아크를 갖는 주인공을 그릴 거라면, 캐릭터는 이야기 속에서 상승 혹은 하강 곡선을 그리게 될 것이고, 시작과 끝부분에서 상반된 상태가 되어 있을 것이다. 예컨대 주인공이 다른 사람을 믿고 협력하는 법을 배워서 성공을 이룬다면, 처음에는 독선적인 외톨이로 그려야 할 것이다. 소설의 시작과 끝의 캐릭터 상태는 극과 극이어야 한다.

---

**예시** **〈쇼생크 탈출〉**

이 영화는 주인공 앤디가 자유의 몸이 되면서 끝난다. 즉 처음에는 그가 갇혀 있는 상태였다는 뜻이다. 이 영화는 여러 측면에서 시작과 끝이 극명하게 정반대를 이룬다. 예를 들어, 극 초반에 앤디는 감옥에 갇혀 있으며(물리적 감금), 자신이 아내를 살해했을지도 모른다는 생각에 고통받는다(심리적 감금). 그러나 영화의 후반부에 이르러 자신이 아내를 죽이지 않았음을 알게 된 앤디는 탈옥을 시도해 성공하고, 처음과 정반대의 상태가 된다. 앤디는 물리적, 심리적, 재정적 자유까지 되찾는다.

글쟁이들이여, 이 극과 극의 상태가 바로 캐릭터 아크의 뼈대다.

# 캐릭터 아크와
# 이야기 구조의 톱니바퀴

캐릭터 아크와 이야기 구조는 서로를 반영하면서 똑같은 굴곡을 그려야 한다. 이야기 구조는 토대이고, 그 위에 캐릭터의 특징과 변화를 층층이 쌓아간다고 생각하라. 캐릭터의 변화와 이야기의 구조는 톱니바퀴처럼 서로 맞물려야 한다. 그래야 작품이 원활하게 굴러갈 것이다.

## 이야기 구조는 캐릭터 아크의 소울메이트

이야기 구조에 관한 이론은 무수히 많다. 나는 그중 가장 활용도가 높은 세 가지 이론을 소개하려 한다. 클라이맥스로 다가가는 긴장의 오르내림과 갈등을 다루는 법을 알려주는 이론들이다. 하지만 그에 앞서 이야기 구조를 캐릭터 아크와 함께 거론하는 이유를 짚어보겠다. 히어로, 즉 주인공 캐릭터는 이야기의 구현체다. 캐릭터 아크는 주인공의 내적 변화, 스토리 아크는 주인공의 외적 변화라고 할 수 있다. 두 아크는 함께 상승하고 하강해야 한다. 다른 하나 없이 하나만 성립할 수는 없다는 뜻이다. 로버트 매키는 『Story: 시나리오 어떻게 쓸 것인가』에서 이렇게 말했다. "구조와 캐릭터는 서로 맞물려 있다. 이야기의 사건 구조는 캐릭터들이 압박감 속에서 내리는 선택과 하는 행동으로 만들어진다. 캐릭터는 행동에 따라 드러나고 변화하는 존재이다. 사건의 디자인을 바꾼다면 캐릭터도 바꿀 것이다."

우리가 살펴볼 세 가지 모델 중 첫 번째는 크리스토퍼 보글러의 이야기 구조 12단계다. 그의 이론은 이야기를 섬세하게 구축할 수 있게 도와준다. 이어서 댄 웰스의 이야기 구조 7단계, 존 트루비의 이야기 구조 7단계도 살펴볼 것이다.

## 보글러의 이야기 구조 12단계

### 일상 세계

보글러는 히어로가 본격적인 여정을 시작하기 전, 즉 그가 변화를 겪기 전의 일상 세계를 먼저 독자에게 보여주어야 한다고 말한다. 『해리 포터』 시리즈 1권에서 해리는 심술궂은 이모네 집 계단 밑 벽장에서 살고 있다. 시리즈의 끝에서 그의 모습과는 완전히 다른 이것이 그의 '일상 세계'다.

### 소명을 받다

히어로에게 무시할 수 없는 문제나 도전이 생기는 순간이다. 히어로는 자신이 일상 세계에 계속 머물 수 없다는 사실을 깨닫는다. 예를 들어, 퍼트리샤 콘웰의 범죄 소설 『케이 스카페타』 시리즈에서 케이 스카페타는 자신의 앞으로 도착한 시체를 발견하고, 그 살인 사건을 조사하지 않을 수 없게 된다. 히어로가 첫 번째 변화의 기회를 얻는 순간이다.

### 소명의 거부

말 그대로다. 히어로는 일상 세계를 떠나 모험을 해야 한다는 사실에 의심과 두려움, 꺼림칙함을 느낀다. 위험이 따르리라는 것을 (무의식적으로라도) 알고 있기 때문이다. 만약 도전을 받아들이면 모든 게 돌이킬 수 없이 변하리라는 사실을 히어로는 어렴풋이 알고 있다. 잘 다니던 직장을 떠나 새로운 일을 시작하거나, 안정적인 관계를 유지하던 연인을 떠나 마음을 송두리째 사로잡은 새로운 연인에게 갈 때, 그 경험으로 인해 자신의 삶과 관점과 인식이 바뀔 거라는 걸 아는 것과 비슷하다. 〈스타워즈〉 시리즈에서 루크는 레아 공주를 도와달라는 오비완의 요청을 거절하고 농장으로 돌아간다. 루크는 집이 파괴된 것을 보고야 소명에 응답하고 싸워야만 한다는 사실을 깨닫게 된다. 히어로의 깨달음과 함께 이야기도 '본격적으로' 시작된다.

### 스승과의 만남

자신이 변해야만 한다는 사실을 깨달은 히어로는 스승 또는 멘토를 만나 과업 달성에 필요한 도움을 받는다. 스승이라고 하지만 부모와 자녀, 의사와 환자 같은 관계에서도 깨달음을 얻을 수 있다. 히어로는 스승을 통해 자신의 결점을 깨닫고 곧 펼쳐질 모험을 준비한다. 때로는 실제 사람이 아니라 실체가 없는 정신적 스승이 등장하기도 한다. 영화 〈록키〉를 생각해보자. 삽입곡 〈호랑이 눈Eye of The Tiger〉이 울려 퍼지는 가운데 록키가 땀을 흘리며 복싱과 달리기, 계단 오르기를 한다. '정신적 스승과의 만남'이 어떤 의미인지 단번에 알 수 있는 장면이다.

### 첫 관문 통과

히어로는 모험에 나서고 문제를 해결하기로 한다. 앞에서 말한 〈스타워즈〉의 루크처럼, 여기서부터 이야기가 본격적으로 시작된다.

### 시험, 전투, 장애물

히어로는 가장 어려운 문제를 해결하기 위해(빌런을 물리치는 것 또는 주요 갈등 해결) 빌런의 부하나 수많은 갈등을 마주한다. 캐릭터 아크가 진행되려면 히어로는 시험, 전투, 장애물을 극복하며 반복적으로 자신의 결점과 마주해야 한다. 물론 이야기의 긴장감을 유지하려면 그때그때 다른 장애물이 등장해야 한다. 중요한 것은 히어로가 시험을 통해 자신의 결점을 마주해야 한다는 것이다. 영화 〈G.I. 제인〉의 조던 오닐을 떠올려보자. 그에게는 단 하나의 강력한 약점이 있다. 바로 그가 여자라는 사실이다. 훈련 교관을 비롯해 주변 군인들은 조던이 단지 여자라는 이유로 네이비 실(미 해군 특수부대)에 들어갈 자격이 없다고 생각한다. 영화 내내 조던은 바로 그 결함 때문에 근력 운동, 차별, 괴롭힘 등 반복적인 시험에 직면한다. 각 시험에서 자신을 증명해낸 그는 마침내 결정적인 순간에 '여자임에도 불구하고' 전쟁터 한복판에서 부상 당한 남자 군인을 구출한다. 그렇게 조던은 처음부터 받아 마땅했던 존경과 자격을 얻고 여성에 대한 잘못된 인식도 바로잡는다.

### 동굴 가장 깊은 곳으로의 접근

상징적이든, 물리적이든 히어로는 여정(그리고 시험) 이후 두려움의 경계에 도달한다. 캐릭터 아크에서 이 시기는 '폭풍 전야'의 순간으로, 히어로는 본격적인 전투에 돌입하기 위해 잠시 그동안의 변화와 여정을 돌아본다. 독자들은 숨을 죽이고 이야기 진행을 지켜보게 된다. 이 지점에서는 스토리 진행이 잠시 멈춘다. 영화 〈탑건: 매버릭〉에서 불가능해 보이는 임무를 실행하기 전 마지막 훈련 장면을 떠올려보라.

### 시련

첫 번째 가장 큰 싸움이다. 히어로는 처음으로 자신의 두려움과 정면으로 대면한다. 〈매트릭스〉의 네오는 오라클을 만난 뒤 자신이 선택받은 자, '그'가 아닐 수도 있다는 두려움에 직면한다. 독자들은 히어로가 과연 빌런을 물리칠 수 있을지 조마조마 기다릴 것이다. 포지티브 아크를 가진 히어로라면 결국 위기에서 극적으로 벗어나 승리하겠지만, 그 전에 시련을 겪을 것이다. 빌런은 상상하지 못했던 강력한 공격으로 히어로를 쓰러뜨리고, 그를 캐릭터 아크의 가장 어두운 골짜기로 보내버린다. 히어로는 바닥까지 무너져 내리며 잠시 모든 희망을 잃게 될 것이다.

### 보상(검을 움켜쥐는 것)

첫 번째 싸움을 앞둔 히어로는 퍼즐의 마지막 조각을 찾거나 발견하거나 받게 된다. 아서왕은 엑스칼리버를 받고 〈매트릭스〉의 네오는 (죽은 후) 트리니티의 키스를 받으며 자신이 '그'라는 것을 깨닫는다. 이 단계는 잠시 하락했던 히어로의 캐릭터 아크를 최고점으로 끌어올리는 기폭제 역할을 한다. 히어로가 자신의 결점이 무엇이고 어떻게 극복해야 하는지 깨닫는 순간이다.

### 깨달음

히어로는 첫 번째 싸움의 결과를 받아들이며 자신의 결함을 똑똑히 볼 수 있게 되었다. 이 단계에서 그는 싸움이 끝난 뒤에 일상 세계로 돌아가야 한다는 것도 깨닫는다. 이제 히어로의 캐릭터 아크는 거의 완성되었다. 히어로는 용기를 내어 자신의 결함과 마주했으니, 그 결함을 극복하는 방법도 알 수 있다. 그는 그 마지막 퍼즐 조각으로 빌런을 물리치기 위해 다시 모험을 떠난다.

### 부활

히어로는 마지막으로 '죽음'과 상징적으로(또는 실제적으로) 대면해야 한다. 빌런이 최후의 일격을 가할 것이기 때문이다. 예를 들어, 크리스토퍼 놀런의 영화 〈다크 나이트 라이즈〉를 생각해보자. 배트맨은 빌런 베인에게 패배해 구덩이 감옥에 갇히게 된다. 그는 그곳에서 벗어나기 위해 몸에 밧줄을 매달고 돌벽을 기어오르지만, 마지막 도약 지점에서 번번이 실패한다. 그는 그곳에 아주 오랜 시간 머물고 있던 어느 현인에게 "죽음을 두려워해야 한다. 밧줄을 매지 않고 시도하라"는 조언을 듣는다. 깨달음을 얻은 배트맨은 자신의 목숨을 걸고, 밧줄을 매지 않고 벽을 올라 '부활'에 성공한다.

### 선물을 갖고 귀환

히어로는 빌런을 물리치고 승리해 일상 세계로 돌아간다. 그러나 그는 달라졌다. 그의 캐릭터 아크는 완성되었으며 지혜, 사랑 등 무언가를 갖고 돌아온다.

## 존 트루비의
## 이야기 구조 7단계

### 약점

이야기의 시작 지점에서 히어로는 자신의 약점을 알아서는 안 된다. 약점은 그의 캐릭터 아크와 불가분의 관계에 있기 때문이다. 캐릭터 아크는 히어로가 자신의 약점을 알게 되고 그것을 극복하는 여정이다. 보통 빌런은 실제로든 상징적으로든 히어로의 약점과 정반대의 상태로 그려진다. 빌런을 물리친 히어로가 자신의 약점을 극복할 수 있는 본질적인 이유다.

### 욕망

욕망은 히어로가 원하는 것이자 이야기의 목표다. 하지만 욕망과 필요는 다르다. 필요는 캐릭터의 내면에 있는 것이지만 욕망은 캐릭터 외부에 있는 것이며 스토리와 연결된다. 트루비는 『이야기의 해부』에서 필요에 대해 다음과 같이 설명했다. "필요는 캐릭터가 자신의 약점을 극복하는 것과 연결된다. 이야기의 시작 부분에서 뭔가에 대해 필요성을 느끼는 히어로는 어떤 식으로든 그의 나약함으로 인해 마비되어 있는 셈이다."

필요는 캐릭터 내면에 변화를 불러올 열쇠이고, 욕망은 이야기를 전환시키는 도구다. 히어로의 필요와 욕망은 이야기에 긴밀히 연관되어 있어야 한다. 누군가 과민대장증후군이 있는 어머니를 위해 자두 농장을 하려고 돈을 모은다고 하면 아무도 관심을 기울이지 않을 것이다. 필요와 욕망과 캐릭터의 행동이

어우러지지 않기 때문이다. 하지만 그 돈을 마련하기 위해 은행을 털고 살인을 한다면 독자들은 관심을 보일 것이다.

### 적수

트루비는 빌런이야말로 최고의 캐릭터가 되야 한다고 말한다. 따라서 다음과 같은 인물이 빌런이 되어야 한다.

- 히어로의 약점을 효과적으로 공격할 수 있는 사람
- 히어로와 원하는 것이 같아서 큰 갈등을 초래하는 사람

### 계획

히어로는 목표를 달성하기 위해 계획을 세운다. 계획은 이야기의 중추를 이루는 부분이기도 하다. 여기에는 클라이맥스로 독자를 이끄는 주요 사건들이 포함된다. 계획에는 히어로가 결함을 극복하기 위해 마주해야 하는 모든 장애물도 포함된다.

### 결전

히어로는 빌런(또는 자신의 약점)과 맞서 싸움을 계속한다. 처음에는 아직 약점을 완벽히 극복하지 못한 히어로가 빌런에게 패배할 것이다. 영리한 빌런은 히어로의 약점을 알아내 자신에게 유리하게 활용한다. 클라이맥스에 이르면 히어로는 빌런을 물리치기 위해 극복해야 할 자신의 약점이 무엇인지 깨닫고, 마침내 자신이 바뀌어야 한다는 것을 깨달을 것이다. 이어서 최후의 결전이 벌어지고 히어로는 마침내 빌런을 물리친다.

### 자기 발견

주인공이 제 입으로 깨달음을 전하는 것은 너무 뻔하고 쉬운 방법으로, 설교하는 것처럼 보일 수도 있다. 그럴 필요 없다. 당신의 히어로는 행동을 통해 자신의 깨달음을 보여줄 수 있다. 이 단계가 캐릭터 아크의 티핑 포인트다. 히어로가 결점을 극복하고 깨달음을 얻는 순간 아크의 절정에 이르고 그다음에는 전환점이 나타나 '새로운 균형'이라고 부르는 단계로 이어진다.

### 새로운 균형

빌런에게 승리하고 자신의 약점도 극복했으니 히어로는 이제 새로운 일상으로 돌아간다. '새로운' 일상이라고 하지만, 변한 것은 세상이 아니라 히어로다. 이 변화가 긍정적일지 부정적일지는 그의 캐릭터 아크에 달려있다.

## 웰스의 이야기 구조 7단계

마지막으로 웰스의 이야기 구조 7단계를 살펴보자. 그의 이야기 구조 7단계에 관한 강의는 환상적이다. 이 강의는 유튜브에서도 볼 수 있으니 꼭 한번 보길 바란다. 웰스의 모델을 소개하는 이유는 세 가지 모델 중 가장 단순하며, 이야기를 만드는 순서까지 알려주기 때문이다. 작업의 틀만 알려주는 것이 아니라 횃불과 지도까지 안겨주는 셈이다. 이야기의 연대기적 순서에 따른 웰스의 플롯 구조는 다음과 같다.

훅→플롯 전환 1→핀치 1→중간점→핀치 2→플롯 전환 2→해결

### 해결

웰스 역시 결말부터 시작할 것을 권한다. 목적지를 알아야 어느 방향으로 갈지 정할 수 있기 때문이다. 도착점이 있으면 지도를 쉽게 만들 수 있다. 앞에서 말했듯이 캐릭터 아크가 어떻게 끝나는지 알면 이야기 시작 부분에서 히어로가 어떤 상태여야 하는지, 그에게 어떤 여정이 필요한지 알 수 있다.

### 훅

웰스는 그다음으로 훅을 작업하라고 제안한다. 훅은 해결의 반대다. 다시 말해, 시작이라는 뜻이다. 훅은 처음 몇 페이지에서 독자들을 이야기 속으로 끌어당기기 위해 사용하는 문학 장치로, 이야기 시작 지점에서 함축적인 질문으로 제시된다. 독자들이 책을 끝까지 읽어야만 답을 얻을 수 있는 질문 말이다. 예를 들어 갑자기 등장한 의문의 시체가 바로 훅이다.

### 플롯 전환 1

첫 번째 플롯 전환에서는 실질적인 갈등이나 반전이 처음으로 소개된다. 이때 히어로는 시험을 시작하고 자신의 결함을 현실적으로 마주하며, 승리하려면 지금보다 나아져야 한다는 사실을 깨닫는다. 빌런이 아직 등장하지 않았다면 이 시점에서 소개되어야 한다. 이 지점에서 빌런은 히어로에게 충분한 압력을

가해 혹에서 중간점으로 밀어낸다.

### 핀치 1

핀치는 압박을 가해 캐릭터를 행동하게 만드는 요소를 뜻한다. 히어로를 행동하게 만드는 장애물이나 장벽, 빌런이나 그 부하들을 예로 들 수 있다.

### 중간점

중간점은 히어로가 반응에서 행동으로 옮겨가는 순간이다. 캐릭터 아크에서 히어로가 더 이상 '당하지' 않고 주도적으로 나서는 지점이다. 중간점은 이야기의 중간 부분으로, 소극적이던 히어로가 적극적으로 이야기를 이끌어나가는 행동 변화를 보인다.

### 핀치 2

두 번째 핀치 포인트에서는 히어로에게 첫 번째보다 더 큰 압력을 가해야 한다. 히어로는 가장 절망스러운 상황에 놓인다. 앞에서 언급한 '어둠의 순간'이 여기에 해당한다.

### 플롯 전환 2

두 번째 플롯 전환 단계에서는 절망적인 상황에 처해 있던 히어로가 빌런을 물리치는 데 필요한 마지막 퍼즐 조각(무기 또는 깨달음)을 얻게 된다. 히어로의 부활과 함께 이야기는 결말을 향해 뻗어나간다. 〈매트릭스〉로 예를 들면, 네오가 자신이 '선택받은 자'라는 사실을 확신하는 순간이다.

## 연결이 중요해

여기서 잠깐 '작품의 거미줄' 개념을 다시 살펴보자. 뭐라고 부르든, 대부분의 이야기에는 다음과 같은 핵심 요소가 들어 있다.

- 중요한 일이 발생하는 플롯 포인트
- 빌런이 히어로에게 압박을 가하는 핀치 포인트
- 히어로에게 유리한 중대한 사건이 일어나는 터닝 포인트

각각의 포인트에서 묘사되는 캐릭터의 행동이나 결정, 대사, 장애물은 주제와 관련되어야 한다. 직접 드러나지 않더라도 주제는 땅 아래 묻혀 있는 뿌리처럼 플롯 포인트와 장면, 캐릭터의 행동에 영향을 미쳐야 한다. 작가는 헨젤과 그레텔처럼 주제라는 빵 조각을 각 포인트마다 흘려놓아야 한다. 그러면 독자는 그 조각을 따라 결론에 이를 것이다.

작가가 빵 조각을 잘 뿌려놓는다면 독자는 히어로의 여정을 기꺼이 따라나서게 된다. 히어로가 자신의 변화와 깨달음을 구구절절 설명하지 않아도 독자는 그와 함께 '아하'하고 깨달음을 얻는다. 그러므로 작가는 소설의 본질을 곳곳에 심어 거미줄에 연결해야 한다. 이런 연결성은 작품을 풍성하고 탄탄하게 만들며, 은은한 마법처럼 독자에게 영향을 미친다.

## 세상에서 가장 쉬운 캐릭터 아크

캐릭터 아크와 이야기 구조는 서로 연결된다. 최대한 간단하게 정리해보았다.

- 결함 있는 히어로: 모든 이야기는 부족한 면이 있는 히어로로 시작한다. 이야기가 진행되면서 히어로는 경험을 쌓고 더 나은 사람이 된다.
- 히어로에게는 목표가 있다: 목표와 욕망은 히어로를 이야기 속으로 끌어들여 행동을 취하게 한다.
- 히어로는 목표를 이루기 위해 노력하고 실패를 거듭한다: 히어로는 장애물과 도전에 직면한다.
- 히어로는 깨달음을 얻는다: 히어로는 자신이 실패하는 이유를 발견하고 성공을 이룰 도구나 새로운 힘, 통찰력을 얻는다.
- 히어로는 목표를 달성한다: 빌런은 패배하고 히어로는 결함을 극복한다.
- 일상으로 돌아간다: 이야기가 끝나고 히어로는 새로운 일상으로 돌아간다.

## 캐릭터 아크의 네 가지 원칙

### 약점은 두 배로

캐릭터를 다층적으로 만들고 싶다면, 히어로에게 성격적 약점뿐만 아니라 윤리적 약점도 부여하라. 이는 살아 있는 캐릭터를 만드는 가장 좋은 방법이며, 자연스레 히어로에게 극복해야 할 부분을 하나 더 주게 되어 이야기도 풍성해진다. 윤리적 약점은 성격적 약점에서 기인하며, 캐릭터가 양심에 가책을 느낄만한 행동을 저지르면서 만들어진다.

---

**예시** 〈퀸카로 살아남는 법〉의 케이디 헤론

주인공 케이디는 친구들의 부탁으로 인기 있고 매력적이지만 재수 없는 여학생 무리를 골탕 먹이는 작전에 가담한다. 그러나 막상 잘나가는 여학생 무리와 친해지면서 케이디는 그들의 화려한 취향과 권력에 매료되고, 친구들에게 오히려 상처 주는 말과 행동을 하게 된다. 케이디는 이리저리 잘 휩쓸리는 성격이기 때문에 여학생 무리에 쉽게 동조했고(성격적 약점), 그것이 친구들을 배신하는 윤리적 약점으로 이어지게 된다.

### 좋은 플롯은 히어로를 밀어붙인다

좋은 플롯은 무엇일까? 히어로가 도전을 거부할 수 없도록 밀어붙이는 것이 좋은 플롯이다. 물론 때로는 히어로에게 변화가 강요될 때도 있다(법칙은 항상 깨뜨리라고 있는 거니까). 그러나 언제나 히어로가 극복해야 하거나 넘어서야 할 '문제'는 캐릭터의 감정과 가치관을 움직일 만큼 강력하게 설정해야 한다. 그래야 그의 여정에 의미가 생긴다.

### 선택은 어려워야 한다

3단계에서 이야기한 것처럼, 히어로는 처음에는 거짓말을 믿지만 깨달음 이후 자신이 답을 찾아야 할 진짜 질문을 마주하게 된다. 반드시 대사를 통해 질문을 제시할 필요는 없다. 그보다는 상황을 보여주며 독자에게 암묵적인 질문을 던지는 것이 좋다. 예를 들자면, '네드 스타크는 왕의 요청을 받고 무엇을 선택해야 할까?' 같은 질문 말이다. 질문은 어떤 형식이든 히어로가 절대로 외면하거나 빠져나갈 수 없는 것이어야 한다. 질문에 대한 답은 간단해서는 안 된다. 예를 들어 '빌런을 죽이고 나라를 구한다'와 '빌런을 죽이지 않고 나라가 망하게 내버려둔다'는 선택이라고 할 수 없다. 답이 너무 명백하기 때문이다. 당연히 히어로라면 놀라운 능력을 발휘해 빌런을 죽이고 나라를 구하는 쪽을 선택할 것이다.

그렇다면 어려운 선택은 어떻게 만들까? 히어로에게 어떤 선택지를 주어야 흥미로울까? 히어로가 선택의 무게에 짓눌려 괴로워하면 할수록 훌륭한 설정이라고 할 수 있다. 선택지는 서로 비등해야 고르기 힘들고 까다롭다. 토사물 맛이 나는 아이스크림과 딸기 맛 아이스크림 중 하나를 고르는 건 선택이 아니다. 딸기 맛과 라즈베리 맛 중에서 고르라면 힘들겠지만. 두 가지 가치 중에서 하나를 선택하게 해도 캐릭터는 심각한 내적 갈등을 겪는다. 왕에 대한 충성과 가족에 대한 사랑 사이에서 선택해야 했던 네드 스타크처럼 말이다.

무엇을 골라도 비극이 닥치는 상황을 설정할 수도 있다. 주인공에게 두 가지 악 가운데 하나를 고르게 하는 것이다. 예를 들어 윌리엄 스타이런의 『소피의 선택』에서 주인공 소피는 아우슈비츠 수용소에서 두 아이 중 가스실로 보낼 아이 하나를 선택하라는 강요를 받는다. 어느 쪽을 선택해도 비참한 결과로 이어지기에 그 선택은 결국 소피에게 결코 회복할 수 없는 상처를 남긴다.

### 히어로를 고문하라

왜 히어로를 고문해야 할까?

사실성 때문이다. 현실에서도 그렇지만 소설에서도 원하는 것을 얻기란 결코 쉬운 일이 아니다. 어느 유명한 자기계발서는 "간절히 원하면 우주가 도와준다"라고 하는데, 사실 우리가 일상에서 더 자주 목격하는 건 우주가 적극적으로 나서서 우리를 시험하고 쓰러뜨리고 장애물을 던지는 상황이다. 따라서 작가는 히어로가 원하는 것을 얻기 전까지 그를 고문할 필요가 있다. 히어로를 괴롭히는 게 괴롭더라도, 주리를 틀고 몽둥이를 마구 휘둘러야 한다. 작가는 때로 무자비할 필요가 있다.

히어로에게는 원하는 것을 얻기까지 소설 한 권 분량의 시간이 주어진다. 그 시간만큼 고군분투해야 한다는 뜻이다. 히어로가 마주한 첫 번째 작은 싸움에서 원하는 것을 바로 얻으면 안 된다. 처음부터 히어로에게 모든 걸 다 주지 마라. 그에게 혹독한 상황을 제시해 그가 원하는 목표가 더욱 간절해지도록 해야 한다. 히어로가 노력하게 만들어라. 〈록키〉의 록키 발보아 빰치는 혹독한 훈련을 거듭하고, 믿었던 사람에게 배신당하고, 절망하고 넘어지게 하라. 그래야 독자들의 흥미를 붙잡아놓을 수 있다.

한 걸음 겨우 내디뎠는데 갑자기 열 걸음 뒤로 끌려가는 게 인생이다. 세상에서 가장 성공한 사람들조차 이런저런 실패와 좌절을 경험했다. 스티븐 킹도 마찬가지였다. 『유혹하는 글쓰기』에서 킹은 이런 일화를 들려줬다. "출판사에서 출간 거절 편지를 받았을 때, 벽에 못을 박고 그 편지를 못에 걸었다. 나중에 그 못은 거절 편지의 무게를 감당할 수 없을 지경이 됐다." 다이슨 창업자인 제임스 다이슨은 먼지 주머니가 없는 진공청소기를 개발하기 위해 5127회에 걸쳐 프로토타입을 만들었다. 스티븐 스필버그는 서던캘리포니아대학교 영상예술대학에 지원했다가 두 번이나 떨어졌으며, J.K. 롤링은 『해리 포터』 원고 계약이 성사되기 전, 우울증에 파산 직전이었다.

히어로의 목표가 무엇이든, 이루기 엄청 어려워야 한다. 그러나 난이도보다 중요한 건 목표를 향한 그의 여정이 독자에게 감정의 동요를 불러일으키고 가슴 아프게 느껴져야 한다는 것이다. 사람은 한계까지 떠밀렸을 때 변하기 마련이다. 하지만 기억하라. 히어로가 승리를 원하는 만큼 빌런도 마찬가지다. 과연 조드 장군이 슈퍼맨이 메트로폴리스를 구하게 그냥 놔둘까? 그렇지 않을 것이다.

트루비는 『이야기의 해부』에서 다음과 같이 말한다. "좋은 이야기라면, 히어로는 목표를 추구하며 그의 가장 뿌리 깊은 신념이 흔들리는 경험을 할 것이다. 위기의 도가니에서 그는 자신이 진정으로 믿는 것이 무엇인지 알게 되고 그것을 증명하기 위해 윤리적인 행동을 한다."

벽에 박은 못이 수두룩한 거절 편지의 무게를 감당할 수 없을 지경이 되었다고 말한 스티븐 킹의 그다음 문장이 무엇인지 아는가? "나는 못을 더 큰 것으로 바꾸고 글쓰기를 계속했다."

당신의 주인공도 그렇게 해야 한다. 다시 한번 마음을 다잡고 계속 싸워야 한다. 제프 린지의 소설을 원작으로 한 텔레비전 드라마 〈덱스터〉의 주인공 덱스터 모건은 내가 가장 좋아하는 '고문당하는 히어로'다. 덱스터는 세 가지 방식으로 고문당한다.

---

**예시 〈덱스터〉 줄거리 요약**

덱스터 모건은 낮에는 마이애미 경찰청에서 일하는 혈흔 분석 전문 법의학자다. 그러나 밤에는 법이 처단하지 못하는 나쁜 범죄자들을 단죄하는 연쇄살인마이기도 하다. 덱스터는 철저한 원칙에 따라 유죄가 확실한 악인만을 찾아내 죽인다.

- 정신적 고문

덱스터는 경찰청에서 일한다. 연쇄살인마인 그를 잡아서 감옥에 처넣을 수 있는 사람들이 일하는 곳이다. 따라서 그는 자신의 본성과 살인 행각을 동료들에게 숨기지 않으면 안 된다. 한 시즌에서는 또 다른 살인마인 아이스 트럭 킬러가 나타나 덱스터의 비밀을 폭로하겠다고 위협한다. 덱스터는 아이스 트럭 킬러가 어릴 때 헤어진 친형이라는 사실을 알게 된다. 그 후 아이스 트럭 킬러는 덱스터를 괴롭히려고 덱스터의 여동생과 사귄다. 비밀스러운 삶과 여동생, 혈흔 분석가라는 직업을 지켜야 한다는 덱스터의 압박감은 더욱더 커진다. 지친 그는 위험에

노출되어 위태로운 상태에 놓이지만, 시청자들(나도 포함해서)은 손에 땀을 쥐고 흥미롭게 바라보게 된다.

- 육체적 고문

당신이 쓰는 소설이 아동용 소설이라면 육체적 고문을 넣는 것이 적절하지 않을 테지만, 육체적 고문은 장르에 따라 하나의 선택지가 될 수 있다.

덱스터는 드라마에서 여러 번 구타와 고문을 당한다. 연쇄살인마인 그가 고문당하거나 붙잡혔을 때 시청자들은 안타까워한다. 덱스터는 비록 살인마이긴 하지만, 히어로의 특징과 매력을 지니고 있기 때문이다. 그에게는 자신만의 윤리와 원칙이 있으며 올바른 일을 하고 가족을 지키려 노력한다. 우리가 자경단이 추구하는 정의에 공감하는 것처럼 시청자는 덱스터에게 공감하며 그를 응원하게 된다.

- 윤리적 고문

캐릭터가 겪는 고통 가운데 내가 가장 좋아하는 것은 윤리적 고문이다. 캐릭터에게 소중한 것 중 하나만을 선택해 구하게 하는 건 잔인한 일이다. 이런 이야기가 펼쳐지면 캐릭터는 크게 동요하게 되고, 그 감정은 독자들에게도 전달된다. 주인공은 충성을 택할 것인가, 정의를 택할 것인가? 윤리적 고문은 자연스럽게 '도덕적인' 질문을 만들어낸다. 주인공이 윤리적 신념을 지킬 것인가, 아니면 정의를 추구하고자 선을 넘을 것인가? 윤리적 고문은 이야기의 긴장감을 팽팽하게 유지하는 방법이기도 하다.

덱스터는 아버지가 만들어준 '코드'를 철저하게 지킨 덕분에 경찰에 잡히지 않을 수 있었다. 덱스터는 오로지 그의 코드에 들어맞는 범죄자들만 죽인다. 하지만 코드와 일치하지 않는 죄 없는 사람들이 그의 행동을 의심하기 시작하고 심지어 폭로하겠다고 위협한다. 덱스터의 도덕규범과 믿음이 시험대에 놓인다. 만약 코드를 어긴다면 그는 자신이 죽이려던 다른 살인마들과 똑같아질 것이다. 덱스터가 지키려는 코드야말로 캐릭터를 흥미롭게 만들어준다. 시청자들은 그가 어떤 선택을 할지, 과연 코드를 어기기 전까지 얼마나 벼랑으로 떠밀릴 것인지 궁금해진다.

덱스터의 캐릭터 아크가 매력적인 이유는 그가 반영웅이기 때문이다. 반영웅 캐릭터는 본질적으로 변하지 않는다. 그들은 이야기가 진행되면서 더 나은 결정을 내리고 궁극적으로 옳은 일을 하지만, 처음부터 지니고 있던 부정적인 특징은 마지막까지도 여전하다. 그래서 그들의 캐릭터 아크는 평평한 편이다. 시리즈의 마지막 부분에서 덱스터는 살인을 포기할 수 없지만, 아들과 여자친구를 포기하지 않는 한 그들이 자신으로 인해 계속 위험해지리라는 사실을 깨닫는다. 그는 살인을 포기하는 대신, 사랑하는 것(가족)을 포기하고 놓아준다.

## 시리즈 아크

처음부터 시리즈물을 구상했을 수도 있고, 첫 번째 작품이 잘

되어 시리즈로 이어가려고 할 수도 있다. 시리즈물에서 히어로의 캐릭터는 아크는 전작과 얼마나 다르거나 같아야 할까? 시리즈를 구상할 때 고민해야 할 지점들을 짚어보겠다.

- 독자들은 시리즈물에 연속성을 기대한다.
- 모든 책마다 캐릭터 아크를 만들어야 하는데, 어떻게 캐릭터의 일관성을 추구할 것인가?
- 시리즈 아크는 어떻게 그려야 할까?

독자들은 시리즈에서 연속성을 기대한다. 익숙한 캐릭터가 주는 친숙함을 좋아하기 때문이다. 마치 어린아이의 애착 이불이나 잠옷으로 입는 오래된 티셔츠처럼 말이다. 장르마다 트롭이 생겨난 것도, 독자들이 그런 이야기를 좋아하기 때문이다.

'시리즈 아크'란 시리즈 전체에 걸친 이야기의 흐름을 말한다. 만약 당신의 책이 바다라면 시리즈 아크는 물아래의 흐름이고 모든 책의 아크는 표면의 파도라고 할 수 있다. 보통 히어로는 시리즈의 다음 권에서 더 강력해진 새로운 빌런과 마주하게 된다. 이 새로운 빌런보다 크고 근본적인 '최종 보스' 빌런은 시리즈의 기저에 깔려 있다고 보면 된다. 회차를 거듭하며 히어로는 빌런이나 사회악을 해치우지만, 최종 보스 빌런의 힘은 더 강력해진다. 최종화에서는 히어로가 이 거대한 빌런과 대결하게 된다. 『헝거 게임』이나 『다이버전트』 같은 디스토피아 배경의 시리즈는 최종화에서 점진적으로 몰락하던 사회가 완전히 붕괴될 위기에 놓이는 식이다.

**예시** 『해리 포터』 시리즈

해리 포터는 드레이코 말포이, 어둠의 마법 교수, 디멘터까지 시리즈 전반에 걸쳐 다양한 빌런과 마주한다. 하지만 표면 아래에서는 더 큰 싸움, 최대 적수인 볼드모트와의 싸움이 부글부글 끓으며 진행되고 있다. 볼드모트는 존재감을 직접적으로 드러내지 않을 때조차도 시리즈 전반에 걸쳐 모든 책에 어떤 식으로든 등장한다. 해리가 작은 장애물을 물리칠 때마다 볼드모트의 존재는 점점 커지고 시리즈의 마지막에서 해리와 볼드모트는 장대한 마지막 전투에 임하게 된다.

시리즈 아크는 무척 다양하지만 가장 흔히 사용되는 세 가지는 다음과 같다.

### 반복형 아크

히어로 캐릭터가 큰 성장이나 변화를 겪지 않는 경우다. 반복형 아크의 주인공은 순수한 히어로라기보다는 반영웅에 가깝다. 제임스 본드와 셜록 홈즈가 대표적이다. 이런 시리즈들의 줄거리 자체는 대체로 비슷한 편이다. 범죄 소설 시리즈라면 시체가 발견되고 탐정이 사건을 맡게 되며 단서를 찾아내고 범인을 추적한다.

### 점진적인 아크

히어로가 시리즈 전체에 걸쳐 조금씩 성숙한다. 히어로는 실수를 반복하고, 다양한 장애물과 빌런의 수하를 만나 대결한다. 히어로는 시리즈 후반부에 이르러야 자신의 약점을 극복한다.

대표적인 예로 해리 포터가 있다. 시리즈 전체에 걸쳐 해리는 자신감과 지식을 키우며 성장하고, 사랑하는 사람들을 위해 희생해야 한다는 사실을 깨닫는다. 해리는 마지막의 마지막 순간에 이르기 전까지는 볼드모트를 이길 만큼 강하지 않다.

### 여러 개의 스토리, 여러 개의 문제

시리즈 아크의 마지막 유형은 주인공이 새로운 책마다 새로운 문제에 직면하는 경우다. 이것은 가장 사용하기 어려운 시리즈 아크인데, 매번 새롭고 흥미로운 문제를 등장시키면서 연속성을 유지해야 하기 때문이다. 이 시리즈 아크의 좋은 예로는 영화 〈토이 스토리〉가 있다. 이 작품의 히어로 우디는 1편에서 버즈 라이트이어에 대한 질투심을 극복해야 하고, 2편에서는 자존심을 접고 솔직해져야 하며, 3편에서는 과거를 내려놓고 작별하는 법을 배우게 된다.

## 6단계 요약

- 캐릭터 아크는 이야기가 진행되는 동안 캐릭터가 겪는 내면의 여정으로, 캐릭터의 변화를 뜻한다. 주인공은 이야기 속에서 여러 경험을 하고 처음과 달라진 모습이 된다.

- 캐릭터 아크는 크게 포지티브 아크, 네거티브 아크, 플랫 아크로 나뉜다.

- 이야기를 만들 때는 끝에서 시작하라. 최종 목적지를 알면 지도를 더 쉽게 그릴 수 있다. 포지티브 아크 캐릭터와 네거티브 아크 캐릭터는 시작할 때의 모습과 끝날 때의 모습이 극과 극처럼 다르다는 걸 명심하자.

- 캐릭터 아크와 이야기 구조는 서로를 반영하면서 똑같은 굴곡을 그려야 한다. 이야기 구조는 작품의 토대이고, 그 위로 캐릭터의 특징과 변화를 층층이 쌓아야 한다.

- 플롯 포인트와 장면, 캐릭터의 행동은 주제와 연결되어야 한다.

- 캐릭터 아크와 이야기 구조는 연결되어야 한다. 이를 세상에서 가장 간단하게 정리하면 다음과 같다.
  - 결함 있는 히어로: 모든 이야기는 부족한 면이 있는 히어로로 시작한다. 히어로는 이야기 전개에 따라 경험을 쌓고 더 나은 사람이 된다.
  - 히어로에게는 목표가 있다: 목표와 욕망은 히어로를 이야기 속으로 끌어들여 행동을 취하게 한다.

- 히어로는 목표를 이루기 위해 노력하고 실패를 거듭한다: 히어로는 장애물과 도전에 직면한다.
- 히어로는 깨달음을 얻는다: 히어로는 자신이 실패하는 이유를 발견하고 성공을 이룰 도구나 새로운 힘, 통찰력을 얻는다.
- 히어로는 목표를 달성한다: 빌런은 패배하고 히어로는 결함을 극복한다.
- 일상으로 돌아간다: 이야기가 끝나고 히어로는 새로운 일상으로 돌아간다.

---

● 캐릭터 아크의 네 가지 원칙

- 약점은 두 배로 만들라
- 좋은 플롯은 히어로를 밀어붙인다.
- 선택은 어려워야 한다.
- 주인공을 고문하라.

---

● 시리즈 아크

- 반복형 아크: 주인공이 변하지 않는다(예: 셜록 홈즈, 제임스 본드).
- 점진적인 아크: 주인공이 시리즈 전체에 걸쳐 조금씩 성숙한다(예: 해리 포터).
- 여러 개의 스토리, 여러 개의 문제: 주인공은 책마다 새로운 문제에 직면한다(예: 〈토이 스토리〉의 우디).

## 생각해볼 질문

- 나의 히어로는 어떤 캐릭터 아크를 갖는가?

- 다음은 웰스의 이야기 구조 7단계다. 참고하여 내 이야기를 작업해보자.

훅→ 플롯 전환 1→ 핀치 1→ 중간점→ 핀치 2→ 플롯 전환 2→ 해결

Step ↛ 7

# 최고의 갈등 증폭 레시피

# 갈등을 만드는
# 가장 간단한 방법

갈등을 만드는 게 너무 어렵다고 우는소리를 하는 작가가 많다. 하지만 '갈등'의 핵심 요소는 매우 간단하다.

목표+방해 요소=갈등

너무 간단히 요약한 것 아니냐고? 당연히 갈등을 만드는 방법에는 여러 가지가 있다. 하지만 그런 방법들은 하위 플롯에 해당하는 것이고, 거기에 너무 매이다 보면 글쓰기 창의력이 다 쪼그라들지도 모른다. 핵심은 이것이다. 목표를 설정한 다음 그 목표가 실현되지 못하게 하라. 하위 플롯을 지우고 묘사적인 문장을 먼지 털 듯 털어버리고 재치 있는 대화를 없애면 남는 갈등의 핵심은 이렇게 간단하다.

이 장을 읽으면서 명심해야 할 두 가지 질문이 있다. 머릿속에 단단히 새겨둔다면 다 읽을 때쯤 답을 발견할 수 있을 것이다. 적어도 답을 찾게 해줄 도구가 갖춰질 것이다.

- v 주인공의 목표는 무엇인가?
- v 주인공이 목표를 이루지 못하게 하려면 어떻게 해야 하는가?

## 갈등의
## 특수성

작품의 거미줄을 제대로 치려면 갈등에 어느 정도 특수성이 있어야 한다. 히어로와 빌런이 싸움에 몰입할 수 있도록 두 사람에게 의미가 있는 특별한 갈등이 필요하다. 그러려면 갈등은 캐릭터의 가치관과 연결되어야 하고 이는 다시 주제와도 직결된다. 예를 들어 〈G.I. 제인〉에서 다루는 주요 주제는 여성의 힘이다. 그래서 대부분의 갈등이 성차별과 관련 있으며 여성인 주인공은 자신의 힘을 보여주며 승리를 이룬다.

## 갈등의
## 유형

나는 사물을 가장 기본적인 단위로 해체하는 것을 좋아한다. 그렇게 해체해서 보는 순간 사물의 본질이 좀 더 명확하게 파악되기 때문이다. 특히 추상적이거나 난해하게 느껴지는 개념 파악에 효과적이다. 갈등은 다음과 같이 세 가지 종류로 나눌 수 있다.

### 거시적 갈등

대부분 디스토피아 소설에서 볼 수 있는 세계 전쟁이나

사회체제 전복을 위한 싸움처럼 '최후의 결전'을 말한다. 모든 전쟁이 여기 해당한다. 국가, 역사, 자연, 법, 인종 간의 갈등도 포함된다. 예를 들면, 베로니카 로스의 『다이버전트』 시리즈에 나오는 모든 사회 구성원을 분파로 나누는 시스템, 존 윈덤의 『트리피드의 날』에 나오는 인류를 죽이는 트리피드 나무가 있다.

### 미시적 갈등

개인과 개인의 갈등을 말한다. 즉 주인공이 연인, 친구, 가족, 동료, 적대자들과 빚는 갈등이다. 조조 모예스의 소설 『미 비포 유』의 전체 줄거리는 미시적 갈등을 바탕으로 전개된다. 쾌활하고 사랑스러운 루이자는 새 직장을 찾던 중 오토바이 사고로 전신 마비 환자가 된 윌과 만나게 된다. 루이자는 윌에게 기쁨과 희망을 찾아주려 하지만, 윌은 스스로 생을 마감하고 싶어 한다. 두 사람의 욕망, 즉 윌에 대한 루이자의 사랑과 죽음에 대한 윌의 욕망이 서로 강력하게 충돌한다.

### 내적 갈등

내적 갈등은 갈등의 가장 작은 단위이며 주인공에게 내재한 갈등이다. 주인공이 자신의 약점, 감정, 가치관 사이에서 겪는 갈등으로, 가장 고독한 갈등이지만 독자의 마음에 가장 가까이 다가가는 갈등이기도 하다. 일인칭 시점 또는 제한적 삼인칭 시점처럼 주인공과 독자의 사이가 가까운 시점일 때 더욱더 강력한 힘을 발휘한다.

『왕좌의 게임』에는 내적 갈등이 넘쳐난다. 조지 R.R. 마틴은 많은 캐릭터를 모순적이고 매력적인 인물로 만들었다. 이를테면

제이미 라니스터는 잔혹하면서도 사랑에 모든 것을 걸고, 그가 지키겠다고 맹세한 왕을 죽여 '왕 시해자'라는 불명예스러운 별명으로 불리지만, 한편으로는 사랑과 의리를 지키는 기사이기도 하다. 제이미는 이런 대사로 그가 느끼는 혼란을 표현하기도 한다. "맹세가 너무 많아. 맹세하고 또 맹세하게 만들지. 왕을 보호하라. 왕에게 복종하라. 왕의 비밀을 지켜라. 왕에게 목숨을 바쳐라. 아버지에게도 복종하라. 누이를 사랑하라. 결백한 자들을 보호하라. 약자를 지켜라. 신을 존중하라. 법을 따라라. 맹세가 너무 많아. 그래서 뭘 하든 하나쯤은 어기게 된단 말이야."

같은 시리즈에서, 테온 그레이조이는 피를 나눈 진짜 가족과 그를 평생 키워준 가족 사이에서 어느 편에 설 것인지 고민한다.

## 갈등의 균형 맞추기

뻔한 말이지만 균형이 무엇보다 중요하다. 아무리 극적인 요소와 설정으로 가득한 흥미로운 갈등이라도 소설 내내 계속 반복된다면 지루할 수밖에 없다. 갈등은 케이크처럼 층층 구조여야 한다. 시트와 크림을 쌓아 케이크를 만들 듯 서로 다른 갈등을 켜켜이 쌓아보자.

서로 다른 유형의 갈등을 쌓으면 독자의 흥미를 끝까지 유지할 수 있다. 같은 종류의 갈등을 다양한 형태로 활용해도 된다. 하지만 기억하라. 균형이 중요하다. 갈등이 너무 많으면 혼란스럽고 너무 적으면 지루하다.

---

예시 『헝거 게임』의 갈등

- 캣니스와 구역 주민들 대 캐피톨(스노우 대통령)의 거시적 갈등
- 캣니스가 헝거 게임에 참가해 다른 조공인들과 대결하는 미시적 충돌
- 피타와 게일 사이에서 고민하는 캣니스의 내적 갈등

독자를 가장 효과적으로 끌어들이는 것은 내적 갈등이다. 독자가 책을 덮지 못하게 만들고 주인공에게 깊이 공감하게 하려면 내적 갈등 설정이 매우 중요하다. 윌리엄 포크너는 1949년 노벨상 수상 연설에서 다음과 같이 말했다. “오늘날 우리의 비극은 너무 오래되어 견딜 수 있게 되어 버린, 일반적이고 보편적이며 물리적인 두려움입니다. 영혼의 문제는 전혀 다루어지지 않고 오로지 ‘나는 언제쯤 대박을 터뜨릴까?’라는 질문만 존재한다는 것이죠. 오늘날 글을 쓰고자 하는 젊은이들은 그 자체만으로 좋은 글이 될 수 있는, ‘갈등에 빠진 인간의 마음’을 잊고 있습니다. 이 주제야말로 글로 쓸만한 가치가 있는 유일한 것인데도 말이지요. 글을 쓰고자 한다면 이것을 명심해야 합니다.”

## 갈등과
## 약점

무엇이든 갈등의 소재가 될 수 있다. 하지만 가장 좋은 갈등은 주인공이 자신의 약점과 맞서도록 설계된 것이다. 나는 지금 또다시 작품의 거미줄을 손에 들고 씩 웃고 있다. 갈등을 주인공의 약점과 연결하면, 갈고리처럼 독자의 흥미를 사로잡는 거미줄이 만들어진다.

앞에서 디즈니 영화 〈비행기〉를 소개했다. 주인공 더스티의 약점은 높은 곳을 무서워한다는 점이다. 더스티가 마지막 경주에서 우승하려면 자신의 약점을 극복해야 한다. 지금까지 날아본 것보다 더 높이 날아야만 우승할 수 있다.

## 갈등과
## 주제

소설 한 편에는 여러 가지 갈등이 등장할 수 있지만, 주요 갈등은 소설의 주제와 관련 있어야 한다. 주요 갈등은 도덕적인 질문, 또는 주제와 연관된 질문이 들어 있어야 한다. 물론 이런 질문을 독자 앞에서 대놓고 보여주는 것은 그다지 좋은 방법이 아니다. 미묘하고 은근한 방법으로 제시하는 것이 좋다.

**예시** **〈매트릭스〉**

〈매트릭스〉의 핵심 주제는 운명 대 자유의지다. 영화는 내내 자유의지란 무엇이고 인간이 그것을 가질 자격이 있는지, 과연 자유의지가 존재하는지 묻는다. 이 주제는 영화에서 수십 가지로 표현되면서 네오에게 갈등을 초래한다. 반복해서 표현되는 주제 중 가장 대표적인 세 가지는 다음과 같다.

- 세상이 두 부분으로 이루어진다. 자유의지와 그것이 가져온 결과(지구를 파괴하고 디스토피아적 세계를 창조)를 대표하는 현실 세계 대 '운명'이 기계에 의해 미리 정해지는 기계 세계.
- 모피어스는 네오에게 빨간 약과 파란 약 중 하나를 고르게 하며 운명과 자유의지에 관한 질문을 던진다. 네오는 내적 갈등을 겪는다. 모피어스는 네오에게 만약 빨간 약을 선택하면 지금까지 '알아온' 안전하고 안락한 삶을 버려야 한다고 알려준다.
- 마지막 전투도 정확하게 똑같은 갈등을 제시한다. 네오는 매트릭스 안에서 창조되었기에 매트릭스를 파괴하면 죽을 운명이다. 이것은 주제와 연계된 더 많은 내적 갈등을 만들어낸다. 네오는 싸우는 쪽을 선택한다. 지배권을 두고 인간과 기계 사이에 벌어지는 마지막 싸움은 둘로 나뉜 영화 속 세계를 명백하게 표현한다.

## 어떻게 갈등을 만들까?

갈등을 만드는 방법을 여기에서 전부 소개할 수는 없다. 대신 갈등의 유형별로 대표적인 방법을 소개하겠다.

### 내적 갈등

• 상처

오래된 상처는 세 가지 유형의 갈등에 모두 활용할 수 있다. 전쟁은 두 권력자의 의견 차이로 시작되는 경우가 많다. 하지만 전쟁에 나서는 주인공의 입장에서 생각해보자. 어떤 과거의 상처가 주인공을 전쟁에 나서게 했는가? 가족이 살해당했는가? 그가 고문당한 적 있는가? 과거에 주인공을 좌절하게 했던 적이 다시 나타났는가? 영혼의 상처는 개인의 삶 전체에 영향을 미친다. 게다가 오래된 상처는 때로는 전쟁을 일으킬 만한 이유가 된다.

• 공포

사람에게 공포를 느끼게 하는 것은 무수히 많다. 거미, 높은 곳, 어둠, 귀신…. 공포는 주인공의 삶에 심각한 영향을 미칠 수 있다. 주인공의 형제가 다리에 매달려 있는데 주인공에게 고소공포증이 있어 구하러 가지 못하면 어떨까? 공포는 일종의 시험이다. 주인공은 공포심을 이겨내고 그의 목표가 얼마나 중요한지 증명해야 한다. 목표를 얼마나 간절히 원하는가? 그것을 얻기 위해 두려움을 극복할 수 있는가?

• 사랑

사랑은 오래전부터 전쟁의 이유였다. 철학자들은 사랑이야말로 싸울 가치가 있는 유일한 것이라고 말할 것이다. 사랑은 소설 속 인물들에게도 커다란 문제를 일으킨다. 사랑은 의심, 질투, 불확실성으로 가득하다. 사랑에 빠진 사람은 약해진다. 사랑은 그 자체만으로도 캐릭터에게 갈등을 일으킨다. 상대에 대한 갈망이 자의식과 강하게 충돌한다. 그래서 로맨스 소설에서는 클라이맥스에 이르기 전까지 커플이 요요처럼 가까워졌다가 멀어지는 모습을 볼 수 있다.

• 가치관

가치관은 개인의 가장 깊은 믿음을 드러내고 그 사람에 대해 많은 것을 말해준다. 마치 엑스레이 사진처럼 그 사람을 이루는 뼈대를 보여준다. 가치관은 자아의식의 중요한 부분이다. 그래서 다른 사람(빌런이나 안타고니스트)이 가치관에 반론을 제기하면 갈등이 발생할 수밖에 없다. 하지만 가치관에 대한 갈등이 꼭 다른 캐릭터에 의해서만 발생하는 것은 아니다. 앞에서 예로 든 『왕좌의 게임』에 나오는 네드 스타크는 왕에게 도움을 요청받고 내적 갈등으로 고통스러워한다. 충성심을 따르자면 왕의 제안을 받아들여야 하지만 지혜를 따르자면 거절해야 하기 때문이다.

• 감정

작가 겸 사진작가 브랜든 스탠턴은 "사람들의 삶에서 가장 중요한 순간은 감정을 중심으로 돌아간다. 감정은 강력한 이야기를 만든다"라고 했다. 감정은 인간을 움직인다. 우리는 아파하고 사랑하고 증오하는 등 온갖 감정을 느끼며 살아간다.

우리의 감정이 다른 사람의 감정과 대립하면 문제가 생긴다. 우리는 사랑하는 무언가를 위하여 죽음도 불사하고 싸운다. 사랑을 하면 당연히 갈등이 생긴다. 하지만 갈등을 만드는 것은 사랑만이 아니다. 질투도 선을 넘게 한다. 증오와 다른 많은 감정도 그렇다.

갈등의 압력을 증폭하고 싶다면 팽팽한 감정적 긴장감을 연출하라. 당신이 쓰고 있는 장면, 액션, 여정이 주인공(또는 빌런)에게 감정의 동요를 일으키게 하라. 감정은 모든 것을 더 강렬하게 만든다.

감정은 보편적이다. 감정적인 장면이 독자들의 흥미를 사로잡는 것도 그 때문이다. 끓어오르는 분노와 억울함, 가슴 설레는 첫사랑 같은 감정은 누구나 느껴본 것이라 쉽게 공감한다. 3단계에서 말했지만 감정은 세상에서 가장 보편적인 언어다.

## 미시적 갈등

• 가족

가족이야말로 애증의 존재라고 할 수 있다. 사랑하지만 그만큼 상처를 입힌다. 애증의 가족 관계는 모든 사람이 경험하는 보편적인 특징이다. 일본의 거장 영화 감독이자 코미디언인 기타노 다케시도 이렇게 말하지 않았나. "가족은 누가 보는 사람만 없다면 갖다 버리고 싶은 존재"라고.

잘 알고 있겠지만 가족은 갈등의 온상이다. 모든 가족에는 문젯거리가 있다. 부랑자 같은 삼촌, 시체 썩는 냄새가 나는 방에 틀어박힌 숙모 등 가족들에게는 항상 수상쩍은 비밀이 숨겨져 있다. 아무도 그 비밀을 드러내려고 하지 않는다. 하지만 가족이 주인공의 가치관을 시험하면 갈등이 발생한다. 피는 물보다 진하다고 했던가? 당신의 주인공은 살인자 숙모를 지킬 것인가, 아니면 가족보다 정의를 중요하게 여길 것인가?

가족 간의 갈등은 꼭 살인처럼 극단적인 갈등일 필요는 없다. 〈브리짓 존스의 일기〉에서 브리짓의 가족은 그녀가 마크와 데이트하기를 원한다. 하지만 브리짓에게 마크는 루돌프 스웨터를 입은 밥맛없는 남자일 뿐이다.

● 비밀

비밀은 참으로 성가시다. 일반적으로 비밀은 내적 갈등과 미시적 갈등을 만든다. 그리고 비밀 유지가 주인공의 주변 인물에게 영향을 미칠 때 미시적 갈등으로 유용하게 쓰일 수 있다. 주인공은 비밀을 지킴으로써 주변 인물을 보호한다고 생각하는 경향이 있다. 하지만 실제로는 그 반대다. 비밀은 주인공에게 내적 갈등을 일으킨다. 주인공은 비밀을 지키기 위해 실수와 거짓말을 하게 되고 결국 가장 좋은 선택이 무엇인지 고민하며 갈등이 점점 더 깊어질 것이다.

● 경쟁심

많은 사람이 "난 경쟁심이 별로 없어"라고 큰소리치지만, 거짓말이다. 누구나 마음속 깊은 곳에는 남을 이기고 싶은 마음이 조금은 있다.

• 성공에서 나온 재앙

나는 예상되는 것을 예상치 못하게 비트는 것이라면 무엇이든 좋아한다. 여기에는 주인공이 당연히 성공이라고 생각했던 것을 뒤집는 것도 포함된다. 메리 셸리의 『프랑켄슈타인』에서 빅터는 프랑켄슈타인을 창조한다. 하지만 그는 자기 창조물을 보고 기뻐하기는커녕 혐오감을 느낀다. 〈쥬라기 공원〉은 또 다른 예다. 이 영화에서는 사람을 잡아먹는 공룡들을 되살렸다. 그래 놓고 '꿈과 희망의 공원'이 되기를 바랐다니. 처음부터 말도 안 되는 일이었다.

### 거시적 갈등

거시적 갈등은 세상을 끝장낼 수 있는 엄청난 위기를 말한다. 거시적 갈등은 여러 세계와 세대로 확장되기도 한다. 또한 나쁜 사회구조처럼 비가시적인 형태로 나타나기도 한다.

• 종교

가치관처럼 종교도 개인의 기초적인 정체성을 형성한다. 역사적으로 종교 갈등은 수많은 전쟁을 일으켰다. 이 책에서는 종교 전쟁에 대해 자세히 논하지 않을 것이다. 종교가 가치관과 마찬가지로 강력한 믿음이라는 걸로 충분하다. 종교에 대한 믿음이 도전받으면 갈등으로 번질 수 있다. 그리고 종교에는 사회와 정부처럼 고유한 규칙과 법이 있다. 학교, 직장, 사회 등 다른 모든 환경과 마찬가지로 종교의 규칙도 깨지기 마련이고 긴장과 갈등이 일어난다.

- 사회 또는 정부

일반적으로 디스토피아, 판타지, SF 등 실제 사회를 배경으로 하지 않는 이야기에서 발견된다. 대개 현실 요소를 비틀어 넣음으로써 우리가 살아가는 세상에 관한 철학적인 질문을 던진다. 사회가 어떤 식으로 구성되었건 정부에 의해 고통받는 사람은 존재한다. 이 역기능은 갈등의 훌륭한 원천이다. 어느 사회건 부자와 가난한 사람, 능력 있는 사람과 그렇지 못한 사람 등으로 나뉜다. 대부분의 사람이 불공평한 사회 때문에 고통받고 이로 인해 내가 가장 좋아하는 유형의 캐릭터가 탄생한다. 바로 반항아 말이다. 존 윈덤의 『트리피드의 날』, 조지 오웰의 『1984』, 마거릿 애트우드의 『시녀 이야기』를 생각해보자.

사회 또는 정부를 갈등 요소로 삼을 경우(특히 디스토피아 배경의 소설에서) 보통 환경 문제도 뒤따른다. 주인공을 둘러싼 환경이 생존하기 힘들어지면서 투쟁과 갈등이 격화되기 때문이다. 이러한 환경에서는 인간의 기본적인 욕구가 제대로 충족되지 못하고 자연스레 상위 욕구들도 충족되지 못해 갈등이 일어난다. 다음 페이지의 매슬로의 욕구 5단계를 참고하라.

## 매슬로의 욕구 5단계

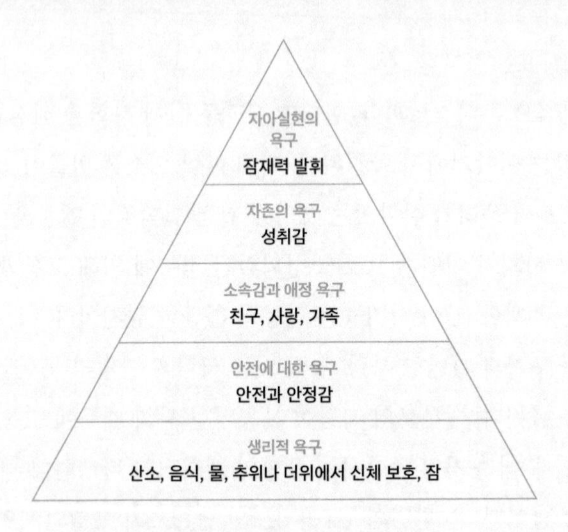


잠깐 하던 이야기를 멈추고 짚고 넘어갈 게 있다. 바로 매슬로의 욕구 5단계다. 심리학자 에이브러햄 매슬로가 1954년에 내놓은 욕구 단계 이론으로, 소설 쓰기에도 무척 유용하다.

디스토피아 소설을 비롯해 소설에서 갈등을 만드는 가장 쉬운 방법의 하나는 음식, 물, 잠 같은 가장 낮은 단계의 기본 욕구를 제한하는 것이다. 삶에 필수적인, 없으면 죽는 요소들을 제한하면 상황은 극적으로 돌변한다. 캐릭터들은 얼마 없는 자원을 얻기 위해 싸울 것이고 갈등이 이어질 것이다.

물론, 더 높은 단계의 욕구를 활용하여 갈등을 만들 수도 있다. 하지만 더 높은 단계의 욕구일수록 갈등은 개인적인 특징을 띨 것이다. 자아실현은 개인의 잠재력에 이르기 위한 내적인 투쟁이다. 외부 요인보다는 개인의 투지와 결단력에 영향을 받는다. 자아실현은 이름 그대로 오직 '자신'에게만 영향을 미치지만 음식이나 물 같은 기본적인 욕구는 모든 사람에게 영향을 준다. 낮은 단계의 욕구일수록 전 세계적이고 보편적인 갈등의 원인이 된다. 반면 높은 단계의 욕구는 개인의 내적 갈등을 일으킨다.

• 권력 투쟁

논란의 여지가 될 수도 있겠지만 잠깐 철학적인 이야기를 하겠다. 인간은 누구나 권력을 원한다. 독자들은 권력이야말로 갈등의 현실적인 원인이라고 생각한다. 빌런은 목표를 달성하기 위해 권력을 원할 것이다. 하지만 작가들은 주인공이 권력을 원하는 이유를 종종 놓치곤 한다. 앞에서 '이유'가 왜 중요한지에 대해 길게 이야기했다. 빌런(또는 주인공)이 권력을 추구하는 데도 이유가 있어야 한다. 군대를 만들거나 사회를 통제하거나 복수하기 위해서일 수도 있다. 하지만 이런 것들은 권력을 추구하는 진짜 이유가 아니다. 결국은 소설의 주제와 작가의 개인적인 철학으로 돌아온다. 주인공이 권력을 원한다면, 왜 권력을 얻기 위해 싸우는 것일까?

나는 권력이 자유라고 생각한다. 충분한 힘을 가지고 있으면 어떤 법이나 규칙을 지키거나 순응할 필요가 없다. 자유롭게 하고 싶은 대로 할 수 있고 되고 싶은 사람이 될 수 있다. 억압도 불평등도 없다. 작가는 권력을 둘러싼 대결을 보여줄 뿐 아니라 이야기에 등장하는 모든 캐릭터가 생각하는 권력의 의미도 알고 있어야 한다. 캐릭터들은 무엇을 위해 권력을 획득하고자 하는가? 대개는 매슬로의 욕구 5단계로 돌아온다.

• 불가능에 가까운 확률

불가능한 데는 이유가 있다. 전설적인 보물을 가져오는 것(〈인디아나 존스〉), 아폴로 크리드를 상대로 우승하는 것(〈록키〉), 조니 로렌스를 이기는 것(〈베스트 키드〉) 모두 불가능에 가까운 위험천만한 도전이다.

어려운 도전은 여러 사람에게 갈등을 일으키기 마련이다. 목표를 달성할 현실적인 방법이 없기 때문이다. 어려운 도전은 불가능에 가까운 무언가를 손에 넣는 것과 관련 있다. 그게 힘이든 존경이든 쿵후 우승컵이든.

불가능에 가까운 확률은 잔인한 훈련에서 종종 볼 수 있다. 〈G.I. 제인〉의 주인공은 영화 내내 혹독한 네이비 실 훈련을 받는다. 이 영화의 거의 모든 갈등은 훈련 기간 동안 일어난다. 권력 투쟁, 성차별, 인정받으려는 욕구 때문이다. 『왕좌의 게임』의 아리아 스타크는 얼굴 없는 자에게 혹독한 훈련을 받는다. 아리아는 훈련을 성공적으로 끝마치기 위해 두들겨 맞고 눈까지 먼다.

## 최고의 갈등 증폭 레시피

갈등 앞에 선 주인공은 자신의 약점을 직시하게 된다. 약점을 마주해야만 성장이 가능해지기 때문이다. 그래야 자신의 새로운 부분을 보게 된다. 하지만 주인공이 약점을 마주하려면 갈등을 극한 상태로 끌어올려야 한다. 갈등은 만드는 방법도 여러 가지지만 쌓는 방법도 다양하다. 몇 가지만 살펴보자.

### 의심

의심은 내가 가장 좋아하는 갈등 조성 기법이다. 독자들은 주인공의 눈을 통해 이야기 속 세계를 본다. 한마디로 주인공의 색안경을 끼고서 주인공이 느끼는 대로 느낀다. 따라서 주인공이 의구심을 표현하면 독자는 불안해지고 지금까지 쌓아온 믿음도 흔들린다.

---

**예시** **〈매트릭스〉**

네오의 의심이 가장 커지는 때는 오라클에게 '그'가 아니라는 말을 들었을 때다. 네오는 자신이 평범한 사람이고 모피어스를 비롯한 모두를 실망시킬까 봐 두려움에 빠진다. 네오와 관객 모두 누가 '그'인지에 대해 고민하게 되고 모피어스가 과연 제때 '그'를 찾아 인류를 구할 수 있을지 의심하게 된다.

아이라 레빈의 풍자 스릴러 『스텝포드 와이프The Stepford Wives』는 주인공이 다른 인물들을 의심하게 되는 모습을 훌륭하게 보여준다. 주인공이 다른 캐릭터를 의심하면 독자도 그렇게 된다. 다른 캐릭터에 대한 의심은 긴장감을 조성한다. 독자는 캐릭터의 진정한 동기를 알지 못하므로 불편한 감정을 느낀다. 이것이 바로 내일 출근해야 하는 독자가 새벽 3시까지 책을 붙들고 있게 만드는 훌륭한 기법이다.

---

**예시** **『스텝포드 와이프』**

조애너는 새로운 마을로 이사해 그곳의 부인들을 만난다. 언뜻 보기에 아내들은 전부 유쾌하고 활기차며 친절하고 순종적으로 보인다. 하지만 시간이 지날수록 조애너는 그 여자들이 항상 똑같은 방식으로 행동한다는 사실을 깨닫고 마음이 불편해지기 시작한다. 조애너의 마음에 동네 여자들에 대한 의심이 스며든다. 어떻게 항상 행복하기만 한 것인지 의심스럽다. 그녀의 의심이 맞았다. 사실 동네 여자들은 로봇이었다.

조애너가 진실을 발견하기 전까지 의심은 두 가지 갈등을 일으킨다. 동네 여자들을 의심하는 자신이 미쳤는지도 모른다는 조애너의 내적 갈등, 동네 여자들이 로봇이라는 비밀을 지키려고 하는 남편과 조애너의 갈등이다.

### 거짓말

스티븐 킹은 "오직 원수만이 진실을 말하고 의무의 거미줄에 걸린 친구와 연인은 끝없이 거짓말을 한다"라고 했다. 거짓말은 아름답고 작은 성배와 같다. 소설에서 가장 대표적인 거짓말은 이미 다루었다. 바로 주인공이 믿는 거짓말이다. 하지만 거짓말에는 두 가지가 더 있다. 주인공이 하는 거짓말과 주인공이 듣는 거짓말이다.

거짓말을 만드는 방법에는 수십 가지가 있다. 한 예로 오슨 스콧 카드가 쓴 『엔더의 게임』에서는 클레이맥스에서 거짓말이 드러난다. 엔더는 지금껏 해온 게임이 시뮬레이션이라는 말은 거짓이었고 사실은 실제로 대학살을 저질렀다는 사실을 깨닫는다. 하지만 이렇게 꼭 인생을 뒤흔드는 엄청난 거짓말일 필요는 없다.

빌런은 종종 진실을 무기로 사용한다. 주인공을 비롯해 선한 캐릭터들은 다른 캐릭터를 보호하기 위해 거짓말을 한다. 빌런은 자신에게 유리하도록 속임수를 쓸 수 있다. 만약 진실이 밝혀지길 원하지 않는 사람이 있다면, 진실은 무기가 되기도 한다. 빌런은 그 사실을 이용해 위협, 통제, 조종을 시도하고 히어로에게 원치 않는 일을 시킬 수 있다.

---

**예시** 『헝거 게임』

스노우 대통령은 캣니스에게 절대 거짓말을 하지 않겠다고 말하고 그 약속을 지킨다. 그는 빌런이지만 믿을 수 있는 모습을 보여준다. 그래서 그가 자신은 거짓말을 한 적이 없다고 말했을 때 캣니스는 여동생을 죽인 사람이 스노우 대통령이 아니라 알마 코인이라는 사실을 깨닫고 반군 지도자 알마 코인을 죽인다.

---

**예시** 〈원스 어폰 어 타임〉

럼플은 조종의 달인이다. 그는 타인의 말을 교묘하게 해석하여 자신에게 유리한 쪽으로 상황을 이끈다. 예컨대, 이블 퀸은 캐스린이죽기를  바란다. 럼플은 이를 잘 알고 있지만, 캐스린을 죽이진 않고 납치만 한다. 이블 퀸이 요구를 정확히 하지 않고 이렇게만 말했기 때문이다. "그 애에게 비극적인 일이 일어나게 해줘."

### 오해

오해도 갈등을 일으키는 훌륭한 도구다. 캐릭터들은 서로를 오해하며 목표에서 멀어지거나, 상처를 받는다. 영화 〈브리짓 존스의 일기〉에서 브리짓은 마크 다아시가 자기 어머니에게 자신에 대해 하는 말을 듣고 그가 냉혈한에 재수 없는 엘리트라고 생각하게 된다. 영화 후반부에 가서야 브리짓은 모든 것이 오해였으며, 다니엘 클리버의 간사한 거짓말이었다는 사실을 알게 된다.

## 고통의
## 진짜 의미

여기서 잠시 짚고 넘어갈 점이 있다. 히어로가 승리하려면 먼저 고통받아야 한다는 게 정확히 무슨 의미인 걸까? 신체적인 부상을 뜻할까? 가끔은 그렇다. 그렇다면 심리적인 고문이나 트라우마를 남기는 경험을 말할까? 이야기와 잘 어울린다면 안 될 것 없다. 주인공의 목숨을 비롯해 온갖 것이 다 희생될 수 있다. '승리하려면 고통받아야 한다'는 말의 본질은, 히어로가 승리를 위해 자신의 일부를 포기해야 한다는 뜻이다. 그 일부란 바로 자신의 약점이다. 히어로는 제2의 피부처럼 익숙하고 편했던 그 약점에 작별을 고해야 한다.

## 갈등을 끌어올리는 몇 가지 팁

캐릭터들의 내밀한 감정이나 시간 압박 등 다른 요소들을 추가하여 갈등의 수준을 끌어올릴 수 있다. 그러면 긴장감이 커지고 이야기의 진행 속도도 빨라진다. 히어로를 조력자와 단절시키거나 유용한 자원을 빼앗거나 상황을 절망적으로 몰아가는 것도 방법이다. 또는 긴장감이 가장 팽팽해진 상태에서 적대자와 만나게 하라.

## 7단계 요약

- 목표+방해 요소=갈등. 히어로에게 목표를 만들어준 다음 그 목표가 실현되지 못하게 하라.

- 갈등은 특수해야 한다. 주인공과 빌런이 싸움에 몰입할 수 있도록 두 사람에게 의미 있는 특별한 갈등이 필요하다.

- 내적 갈등의 키워드: 상처, 공포, 사랑, 가치관, 감정

- 미시적 갈등의 키워드: 가족, 비밀, 경쟁심, 성공에서 나온 재앙

- 거시적 갈등의 키워드: 사회 또는 정부, 종교, 권력 투쟁, 불가능에 가까운 확률

- 매슬로의 욕구 이론을 기억하라. 낮은 단계의 욕구일수록 보편적인 갈등의 원인이 된다. 반면 높은 단계의 욕구는 개인의 내적 갈등을 일으킨다.

- 여러 종류의 갈등을 겹겹이 등장시켜야 끝까지 독자의 관심을 잃지 않을 수 있다.

- 주요 갈등은 주인공의 약점, 책의 주제와 연결되어야 한다.

- 의심, 거짓말, 오해로 갈등을 증폭하라.

- 히어로는 승리하기 위해 자신의 일부를 희생해야 한다. 그 일부란 바로 자신의 약점이다.

## 생각해볼 질문

- 캐릭터의 의심, 거짓말, 오해는 최고의 갈등 증폭 장치다. 내 이야기에 추가해보자.

- 나의 히어로 캐릭터에게 내적 갈등을 부여해보자.

Step ↛ 8

# 클리셰와
# 트롭 활용법

## 히어로의 클리셰

클리셰는 너무 많이 사용되어 예측할 수 있고 독창적이지 않은 단어, 구절, 표현 또는 장면을 말한다. 빌런의 클리셰는 너무 흔해서 고통스러울 정도다. 하지만 히어로의 클리셰는 알아보기 어렵다. 히어로는 보편적이며, 가능성이 무한한 캐릭터이기 때문이다. 트롭에 대해 살펴보기 전에, 먼저 클리셰가 무엇인지 정확히 짚고 넘어가자.

- 법정 장면에서 지고 있을 때 터져 나오는 "이의 있습니다!"
- 사제가 결혼식에서 "반대하는 사람 있습니까?"라고 묻는 순간 주인공이 정말로 사랑하는 사람이 교회로 헐레벌떡 뛰쳐 들어와 결혼식을 막는 것
- 빌런이나 마녀의 "음하하하" 하는 음흉한 웃음소리
- "그들은 오래오래 행복하게 살았습니다"라는 마무리
- "사실은 전부 꿈이었다"라는 마무리(만약 당신의 책이 이렇게 끝난다면 찾아내 불태워버리겠다)

클리셰가 반복되는 작품은 곰팡이로 가득한 베이글이나 악취 나는 싸구려 극장처럼 가까이하기 싫은 것이다. 그렇다고 클리셰를 아예 사용하지 말라는 뜻은 아니다. 무엇이든 적당히, 세련되게 하면 괜찮다. 히어로와 이야기 구조가 충분히 매력적이라면 캐릭터가 '저기서 저럴 것 같더라니' 같은 행동을 해도 용서할 수 있고 별로 거슬리지 않을 수도 있다. 단, 히어로가

계속해서 사실적인 동기에서 나오는 납득 가능한 행동을 보여주어야 한다.

## 역사적 맥락과 면책 특권

클리셰에 대해 언급해야 할 부분이 또 있다. 클리셰는 때로 꼭 필요하다. 오늘날 마피아가 시가를 피우는 모습은 클리셰지만, 1920~1940년대 미국에서는 그것이 실제 풍경이었다. 클리셰는 시간의 흐름과 함께 탄생한다. 특정 역사적 배경이 있는 이야기를 쓸 때는 사실감을 살리기 위해 불가피하게 클리셰를 써야 하기도 한다.

## 클리셰를 피하는 가장 확실한 방법

그렇다면 클리셰를 어떻게 피할 수 있을까?

리.얼.리.즘! 사실성을 추구하면 된다. 이는 캐릭터의 행동에 동기와 정당성을 부여하라는 뜻이다. 독자가 캐릭터의 생각을 이해하거나 공감할 수 있다면, 캐릭터가 하는 행동에 의미를 부여할 것이고, 캐릭터를 사실적으로 느끼게 될 것이다. 그러면 결과적으로 클리셰를 피할 수 있다. 선과 악이 극단적으로 대립하는 이야기라면 인간에 대한 사실적인 묘사가 더욱더 필수적이다. 지나치게 명확한 선악 또는 흑백 구분은 우리의 휴리스틱에 어긋난다. 선악 사이에 있는 회색 지대를 파고들어라.

당신의 히어로는 실수하고 화를 내지 못하고 이상한 오기를 부리다가 어리석은 결정을 내릴 것이다. 인간이기 때문이다. 완전히 선하거나 악하기만 한 인간은 드물다. 때로 영화 〈노인을 위한 나라는 없다〉의 '안톤 시거' 같은 순도 100퍼센트의 악마 캐릭터가 등장하기도 하지만, 이 영화 속 안톤은 실제 인간을 그리려 했다기보다는 '악' 혹은 '지독한 운명'이라는 개념을 인간으로 형상화한 캐릭터에 가깝다. 이런 것을 의도한 게 아니라면, 착하기만 하거나 나쁘기만 한 캐릭터는 금물이다.

## 트롭,<br>클리셰와는 다른

클리셰는 특수한 경우가 아니라면 피해야 한다. 하지만 트롭trop은 다르다. 트롭은 오히려 영리하게 활용할 필요가 있다. 트롭은 특정 장르에서 반복적으로 발견되는 주제, 개념, 패턴을 뜻한다. 트롭은 작품의 장르를 구분하게 도와준다. 트롭은 클리셰와 달리 독자들의 비위를 거스르지 않는 선에서 거듭해서 사용할 수 있다.

주인공 트롭은 아주 쉽게 알아볼 수 있다. 같은 장르의 책을 몇 권만 읽어봐도 눈에 띄는 트롭을 발견할 수 있다. 트롭은 유행과 사회 동향, 팬덤에 따라 변화한다. 머리사 마이어의 『루나 크로니클』 시리즈는 동화를 재해석하는 장르를 부활시키는 데 중요한 역할을 한 책이다. 이 장르의 독자층의 기대는 범죄 소설 독자층의 기대와는 다를 것이다. 독자가 기대하는 게 무엇인지 아는 것은 중요하다. 동화를 재해석하고자 한다면 원작이 되는 동화의 뼈대와 기본 설정을 가져오고, 나머지 디테일은 마음대로 바꿔봐도 좋다. 마이어가 했던 것처럼 캐릭터의 성별을 바꾸거나 장소를 바꾸고, 절반은 로봇인 신데렐라 캐릭터를 만들 수도 있다. 하지만 독자를 끌어들이려면 어떤 이야기를 펼칠지 확실히 알려줘야 한다. 독자들이 원하는 트롭을 제시하고 그 트롭을 바탕으로 고유한 이야기를 만드는 것이다.

트롭은 특정 장르의 독자들을 만족시키기 위해 따라야 할 패턴이라고 할 수 있다. 따라서 내가 쓰는 장르에 어떤 트롭이 있는지 파악하는 것이 중요하다. 이제부터 무엇을 할지 알려주겠다. 온라인 서점이나 플랫폼에 들어가서 당신이 쓰는 장르 상위 100위까지의 작품을 살펴보자. 상위 20위에서 3권, 50위에서 1권, 100위에서 1권, 총 5권을 골라서 읽어보자. 적어도 5~6가지 유사점을 발견할 수 있을 것이다.

다음은 고전적인 장르별 트롭의 예다. 해당 트롭이 사용된 소설이나 영화를 찾아보자.

영어덜트 소설

- 고아 주인공 또는 소원한 부모
- 삼각관계

- 졸업식

판타지

- 선택받은 자
- 세상을 구할 단 하나의 마법의 검·약·장비
- 예언

범죄

- 소설 시작 부분에서 발견된 시체
- 지나치게 일에 헌신적인 형사
- 개성 강한 탐정
- 마지막 순간 살인자의 체포나 사망
- 연쇄살인범

로맨스

- 우연한 만남
- 연적
- 금단의 연인
- 중매쟁이
- 계급 차
- 행복한 결말

'TV 트롭(https://tvtropes.org)'은 소설, 영화, 텔레비전 드라마, 그 밖의 모든 매체에서 나타나는 패턴을 공부하고 싶은 작가들을 위한 최고의 공간이다. 특히 설명이나 예시가 필요하다면 꼭 한번 살펴볼 것을 권한다.

## 클리셰는 아니지만 피해야 할 것

히어로 캐릭터를 만들 때 피해야 하는 것은 클리셰뿐만이 아니다. 클리셰는 아니지만 독자를 짜증 나게 하는 게 더 있다. 물론 그런 요소가 들어갔어도 잘 팔리는 책은 있다. 하지만 그런 요소가 없었다면? 더 잘나갔을지도 모른다. 다음은 클리셰는 아니지만 피해야 할 것들이다.

### 징징거리는 캐릭터

항상 앓는 소리만 하는 히어로를 좋아하는 사람은 없다. 자기 연민에 빠진 캐릭터가 통하는 경우는 지극히 제한적이다. 독자들이 "공주 납셨네. 히어로가 그것밖에 안 돼? 좀 참아!"라고 소리 지르며 짜증 낼 확률 99.8퍼센트다.

### 설명하는 주인공

히어로가 자꾸 설명하려 든다면 독자는 짜증이 치밀 것이다. 히어로는 다음을 설명할 필요가 없다.

- 책의 주제
- 책에 나오는 은유

- 자신의 깨달음
- 자신의 감정

이것들은 캐릭터의 직접적인 말이 아니라 행동이나 대화, 생각이나 감정의 묘사를 통해 독자에게 전달돼야 한다. 주인공이 일일이 설명해서는 안 된다. 독자들이 당신의 작품을 지루하고 졸린 수업처럼 느끼게 하지 마라. 어쨌든 독자들이 이야기를 읽는 이유는 배움을 위해서가 아니니까. 그건 교과서가 할 일이다.

### 불쾌한 실수

잠시 나의 책 『빌런의 공식』에 관해 이야기하겠다. 이 책에서 나는 성격장애와 정신 질환을 앓고 있는 캐릭터를 분석하는데 한 장을 할애했는데, 많은 독자가 이 장을 유독 좋아했다. 내가 빌런의 정신 건강에 관해 쓴 이유는, 너무 많은 작품에서 정신 질환 때문에 빌런이 된 캐릭터가 나와서 지겨웠기 때문이다. 정신 질환은 작가들이 다루는 다른 많은 주제와 마찬가지로 민감한 주제다. 정신 질환을 앓는 캐릭터를 다루는 것 자체는 아무 문제가 없다. 하지만 제대로 된 조사 없이 멋대로 상상해서 쓴다면 그것만큼 나쁜 것도 없다. 성격장애나 정신 질환을 앓는 캐릭터를 다룰 때 정확하게 묘사하지 않는다면, 결과적으로 여러 사람들을 상처 주고, 잘못된 고정관념과 편견을 퍼뜨리는 일이 되기 때문이다. 과장은 금물, 정확한 연구 조사는 필수임을 잊지 마라.

## 8단계 요약

- 클리셰는 너무 많이 사용되어 예측할 수 있고 독창적이지 않은 단어, 구절, 표현 또는 장면이다. 대표적으로 '깨어보니 꿈이었다'라는 마무리, 법정 장면에서 지고 있을 때 터져나오는 "이의 있습니다"라는 외침 등이 있다.

- 트롭은 특정 장르의 독자들을 만족시키기 위해 따라야 할 패턴이다. 트롭의 예로는 범죄 소설의 개성 강한 경찰, 영어덜트 소설의 삼각관계, 판타지 소설의 선택받은 자 등이 있다.

- 클리셰도 가끔 필요할 때가 있다. 특히 역사적 맥락을 살펴야 한다.

- 히어로의 행동에 그럴듯한 동기를 설정하고 흑백논리에 빠지지 않으면 클리셰를 피할 수 있다.

- 히어로는 절대로 구구절절 설명하면 안 된다.

- 잘못된 고정관념이나 오해를 불러일으킬 수 있는 주제는 반드시 철저히 조사한 뒤 써야 한다.

## 생각해볼 질문

- 내가 쓰는 장르에서 나타나는 클리셰와 트롭을 세 가지씩 적어보자.

- 내 이야기에는 어떤 트롭을 사용할 수 있는가?

Step ↛ 9

# 이야기의
# 서두 쓰는 법

## 독자를 한복판으로 데려가라

작법서를 한 권이라도 보았다면 이 말을 알 것이다. '인 메디아 레스in media res'. 번역하면 '한복판에서 시작하라'라는 뜻이다. 이는 독자를 이야기가 진행되고 있는 광장의 한가운데에 던져놓고 시작하라는 의미다. 나는 특히 주인공이 어떤 인물인지 잘 보여줄 수 있는 행동을 묘사하며 글을 시작하라고 조언하고 싶다. 한복판에서 시작하라는 말은 곧 '행동으로 이야기를 시작하라'라는 뜻이기도 하다.

소설의 첫 문장은 어떻게 써야 할까? 첫 문장부터 시작해 주인공이 목표를 추구하기로 결심하기까지, 즉 이야기의 '서두'는 어떻게 구성하는 게 좋을까? 저절로 미간이 찌푸려지는 어려운 질문이다. 우선 기발한 첫 문장으로 독자를 끌어당길 훅을 넣어야 하고, 주인공이 어떤 삶을 살고 있는지, 세계관은 어떠한지 보여주면서도 앞으로 펼쳐질 몇 백 페이지의 여정에 구미가 당기도록 긴장감을 부여해야 한다. 백지 앞에서 서두를 어떻게 써야 할지 고민하며 앉아 있을 당신을 생각하니 등 뒤로 식은땀이 흐르는 것 같다. 위로가 될지 모르겠지만, 시작은 누구에게나 힘들다. 갓 글을 쓰기 시작한 사람에게도, 20년 넘게 작가로만 살아온 사람에게도 첫 문장은 어렵다.

## 매력적인
## 첫 문장 쓰기

'한복판에서 시작하라'라고 했지만, 무조건 폭탄이 터지는 대대적인 전투 장면으로 이야기의 문을 열어야 한다는 뜻은 아니다. 독자를 데이트 상대라고 생각해보자. 상대가 첫 데이트부터 입술을 들이밀면서 엉덩이에 손을 올리면 어떨까? 귀싸대기를 날려주거나 경찰을 만나게 해주고 싶어질 것이다. 이야기도 마찬가지다. 섣불리 접근했다가는 독자에게 좋은 인상을 주지 못한다.

그렇다면 소설의 시작은 어떠해야 하는가? 서두에서 반드시 다루어야 하는 것은 무엇인가? 간단하게 다음 세 가지로 요약할 수 있다.

- 일상 세계 구축하기
- 히어로의 목표 보여주기
- 위기 설정하기

위 세 가지는 가장 기본적인 설정이다. 물론 소설의 첫 장에서 해야 할 일은 이 밖에도 수없이 많다. 훅을 만들어 독자의 관심 사로잡기, 주제 소개하기, 소설의 분위기 설정하기 등. 하지만 가장 필수적인 것만 추리면 위 세 가지가 남는다. 이 세 가지를 해내면 나머지는 훨씬 수월하게 해낼 수 있다.

이쯤 되면 마음의 준비를 하는 것이 좋을 듯하다. 내가 가장 좋아하는 말을 또 꺼내려고 하니까. 끈질기게 되새겨야 하는 그 말. 바로 작품의 거미줄이다.

히어로가 바라는 것(목표)과 그것을 달성할 때까지 겪을 일들(위기)은 소설의 주제와 관련 있어야 한다. 목표와 위기는 서로 엮여서 히어로에게 거부할 수 없는 질문을 던지고, 작품 전체를 관통하는 훅을 만들어낸다. 독자는 히어로가 답을 얻을 때까지 책에서 벗어날 수 없다. 사람은 질문에 대한 답을 궁금해하는 법이니까. 독자는 어느덧 몰입하여 책을 끝까지 읽게 될 것이다.

## 일상 세계 구축하기

일상 세계 구축이란 다음 두 가지를 보여주라는 뜻이다.

- ∨ 캐릭터들이 살아가는 '세계'가 어떤 모습인지 보여주기
- ∨ 그 안에서 히어로는 어떤 인물인지 보여주기

변화는 불변에서 시작된다. 이게 무슨 말장난이냐고? 변화를 보여주려면 안정된 상태를 먼저 보여주어야 한다는 얘기다. 히어로는 여정을 통해 크게 바뀌고 성장하게 될 것이다. 따라서 히어로가 본격적인 모험을 떠나기 전의 모습을 이야기의 서두에서 보여주어야 한다.

당신의 이야기가 100퍼센트의 리얼리즘을 추구하며, 현실 세계를 배경으로 한다면 세계관 구축은 크게 까다롭지 않을 것이다. 하지만 판타지, SF, 디스토피아 장르는 그 세계의 규칙을 구체적이고 명확하게 설정하는 것이 매우 중요하다. 그러나 이렇게 만든 세계관을 독자들에게 강제로 주입해서는 안 된다. 캐릭터가 제 입으로 "난 머글이라서 호그와트에 못 가"라고 말하면 재미도 감동도 없기 때문이다. 이런 작품을 좋아하는 독자는 없다. 독자에게 외면받고 싶은 게 아니라면 설교는 금물이다.

## 구구절절 설명하지 않고 세계관 보여주는 법

그렇다면 어떻게 설명하지 않고 세계관을 보여줄 수 있을까? 생각보다 간단하다. 독자는 히어로를 통해 소설 속의 세계를 경험한다. 히어로의 행동과 경험을 통해 그 사회와 규칙에 대해 알게 되는 것이다.

예를 들어, 내 주변 사람들은 나에게 오전 11시 전에 말을 걸지 않는 것이 좋다는 사실을 잘 알고 있다. 부득이하게 말을 걸어야 한다면 일단 커피를 권한다. 나를 처음 보는 사람이 이 광경을 목격한다면, 별다른 설명 없이도 '사샤 블랙이란 사람, 성질 더러운가보군. 아침에는 나도 말 붙이지 말아야지'라고 생각할 것이다.

히어로가 사건이나 다른 캐릭터들과의 상호작용을 통해 이야기 속 세계를 경험하는 걸 보여주면 독자도 그 세계에 스며들게 된다. 억지로 호그와트의 규칙을 크게 외쳐서 설명해주지 않아도 된다. 독자가 소설 속 세계가 어떻게 돌아가는지 잘 이해하지 못할까 봐 정보를 마구 담고 싶은 욕구를 느낄 수도 있다. 정보를 아예 주지 않을 수는 없지만, 과부하에 걸리지 않게 균형을 잘 잡아야 한다. 이야기와 관련이 없다면, 소설 속 왕실의 서열과 그 내막까지 전부 한꺼번에 알려줄 필요는 없다. 이야기 진행과 관련 없는 것은 불필요한 정보 투하에 지나지 않는다. 불필요한 정보 나열은 차갑게 식은 커피만큼이나 끔찍하니 꼭 피하도록 하자.

서두에서 모든 걸 다 보여주려고 하지 마라. 독자를 은근하게 유혹하라. 독자가 주인공과 함께 이야기 속 세계를 알아가도록 하라. 예를 들어보겠다.

---

**예시 로런 올리버의 디스토피아 소설 『딜러리엄』 첫 문단**

대통령과 컨소시엄이 사랑을 질병으로 규정한 지 64년, 그리고 과학자들이 그 치유책을 완성한 지 32년이 지났다. 다른 가족들은 모두 치료 과정을 끝마쳤다. 언니 레이철은 치료를 받은 후 9년째 질병 없이 건강하다. 언니는 사랑에 면역이 생긴 뒤 이미 오랜 시간이 흘러, 이젠 그 증상들을 더 이상 기억할 수도 없다고 말한다. 나는 지금으로부터 95일 뒤, 내 생일인 9월 3일에 치료를 받기로 예정되어 있다.

이 장면은 다소 설교에 가까운 '설명'에 속한다. 하지만 맥락이 중요하다. 주인공은 자신의 미래에 대해 생각하고 있으며 생일에 치료를 받아야 한다는 사실을 설명하고 있다. 언니의 경험이라든지 사랑이 질병이라는 설명을 통해 우리는 과학자들이 사랑의 치료제를 발견했다는 것을 추측할 수 있다. 또한 그런 치료를 받는 게 이 세계의 '일상'이라는 것도 알 수 있다.

**베로니카 로스의 SF 디스토피아 소설 『다이버전트』 첫 문단**

우리 집에는 거울이 하나 있었다. 위층 복도의 미닫이문 뒤였다. 우리 분파는 석 달마다 한 번씩 그달의 둘째 날에, 그러니까 어머니가 내 머리를 잘라주는 날에만 거울 앞에 서는 것을 허락했다.

이번 문장은 설명이 훨씬 덜하며, 더 많이 보여준다. 아주 단순한 장면이지만 이야기 속 세계에 대한 여러 단서를 알려준다. 주인공의 집에는 거울이 하나밖에 없으며 자신이 속한 '분파'가 지켜야 할 규칙이 있다고 이야기한다. 집에 거울이 하나밖에 없고 석 달에 한 번씩만 보는 게 허락되는 세계라니. 게다가 머리카락을 자르는 날이 정해져 있고, 머리를 잘라주는 사람이 자신의 어머니라는 사실을 주인공은 담담한 톤으로 전하고 있다. 독자는 직관적으로 이 세계가 디스토피아라는 걸 알 수 있다.

## 히어로의
## 목표 보여주기

지금까지 '일상 세계 구축'과 관련된 것들을 살펴보았으니, 이제 소설의 도입부에서 꼭 다뤄야하는 두 번째 요소, '히어로의 목표'에 대해 이야기해보자.

일상 세계를 구축했다면, 이제는 독자에게 히어로가 어떤 인물인지 알려줄 차례다. 가장 좋은 방법은 그가 무엇을 갈망하는지 보여주는 것이다. 그러나 이때도 역시나 직접 설명하거나 말로 풀어내려는 시도는 금물이다. 우리가 글을 쓸 때 처음 배우는 교훈을 떠올리자. '말하지 말고 보여주라'. 말하지 않고 상황을 묘사하여 독자들이 그 뉘앙스를 즐길 수 있게 해야 한다.

마구간에서 일하는 소년이 말발굽을 닦으면서 그랜드 내셔널 대회에 나가기 위해 훈련하는 기수들을 부러운 눈으로 바라보는 장면을 생각해보자. 소년의 손은 말발굽을 정돈하고 있지만, 다리로는 기수들의 훈련을 따라하고 있다. 소년의 꿈이 무엇인지 어떻게 그런 목표를 갖게 되었는지 구구절절 설명하지 않아도, 독자는 소년이 무엇을 바라는지 어림짐작할 수 있을 것이다. 설명과 행동으로 이미지를 묘사하면 말하지 않고도 독자에게 캐릭터의 목표를 알게 할 수 있다.

## 목표는 빡세게 구체적이어야 한다

이야기를 쓸 때는 그 무엇도 애매해서는 안 되지만, 특히 히어로의 목표가 막연하면 안 된다. 히어로의 목표는 독자들이 쉽게 이해할 수 있을 만큼 구체적이어야 하며, 그것에 대한 갈망은 강렬해야 한다. 마이클 헤이그는 『팔리는 시나리오Screenplays That Sell』에서 히어로의 '구체적 목표'를 다섯 가지 유형으로 정리했다.

- 승리: 대회에서 이기는 것, 연인의 마음을 얻는 것, 사악한 영주와의 전쟁에서 이기는 것, 영화 〈록키〉에서 록키가 아폴로와의 시합에서 이기는 것 등.
- 저지: 빌런을 막아라! 영화 〈스피드〉에서 처럼 폭탄이 터지지 못하게 막거나 〈터미네이터〉처럼 사라 코너의 죽음을 막는 것일 수도 있다. '제임스 본드' 시리즈의 모든 본드의 목표 또한 '저지'다.
- 탈출: 〈쇼생크 탈출〉의 앤디 듀프레인처럼 꼭 탈옥하는 것만을 뜻하는 건 아니다. 캐릭터를 얽매이게 하는 일이나 직장, 남편이나 가족에게서 탈출하는 것일 수도 있고 에마 도너휴의 『룸』에 나오는 엄마와 잭처럼 방에서 탈출하는 것일 수도 있으며 영화 〈트루먼 쇼〉의 트루먼처럼 통제적인 현실에서 탈출하는 것일 수도 있다.
- 전달: 갱스터 영화에서 자주 등장한다. 전달하려는 것은 돈, 마약, 인질 등 무엇이든 될 수 있다. 영화 〈일라이〉에서 일라이는

종말 이후 세상에 딱 하나밖에 남지 않은 성경을 안전하게 옮겨야 하는 미션을 수행한다.

- **획득**: 모험이 펼쳐지는 이야기에서 흔히 볼 수 있는 유형의 목표다. 영화 〈이탈리안 잡〉에서 찰리 크로커는 금괴를 손에 넣으려고 한다. 영화 〈툼 레이더 2〉에서 라라 크로프트는 판도라의 상자를 찾고 싶어 한다.

한 작품에 하나의 목표만 등장하는 것은 아니다. 보통 두 가지 이상이 함께 쓰인다. 예를 들어 영화 〈매트릭스〉에서는 탈출(매트릭스에서의 탈출)과 저지(스미스 요원이 시온을 파괴하지 못하도록 막는 것)가 중요한 목표다.

## 위기를 설정하라

소설의 서두에서 다뤄야 할 마지막 필수 요소, 바로 '위기'다. 이야기의 도입부에서는 주인공에게 닥쳐올 위기를 보여주어야 한다. 독자는 주인공이 목표를 이루기 위해 어떤 대가를 치러야 하는지 알아야 한다. 이야기가 전개되면서 위기는 커지거나 작아지고 변할 수도 있다. 『다이버전트』에서는 다음과 같이 초기 위기가 설정된다.

예시 『다이버전트』

"나는 내일 선택 의식에서 분파를 결정할 것이다. 내 남은 인생을 결정할 것이다. 가족 곁에 남을지, 가족을 버릴지를 결정할 것이다."

작가가 직접적으로 위기를 밝히는 것은 좋은 방식이 아니다. 벌어지는 사건이나 인물의 행동을 통해 위기를 암시해야 한다. 만약 범죄 소설이라면 시체 한 구, 혹은 네 구가 나타나면서 위기가 설정된다. 주인공은 살인자가 다시 움직이기 전에 그를 잡으려 할 것이다. 드라마 장르라면 주인공은 직장에서 해고를 당하고 오랜 시간 함께 해온 연인이 이별을 선언할 것이다. 위기가 닥쳐온 것이다. 캐릭터가 지탱해오던 삶에 균열이 생기거나, 아니면 붕괴 위기에 처하며 이야기는 시작된다.

## 과한 정보 투하 금지

글을 쓰다 보면 내 글에 취해서, 지루할 정도로 많은 정보를 남발하게 될 때가 있다. 내가 만든 캐릭터나 세계관에 푹 빠져서 주인공의 과거사나 사회 구조 등에 대해 구구절절 설명하고 싶은 충동에 휩싸이는 것이다. 그러나 불필요한 정보 투하는 소설을 망치는 지름길이다.

불필요한 정보란 무엇인지, 이게 왜 나쁜지 알아보자. 지금부터

'제러미'와 '칼'이라는 두 소년의 이야기를 해보겠다. 둘은 오랜 친구로, 베프다(줄임말을 싫어하는 사람들을 위해 말해주자면 '베스트 프렌드'). 그러나 작가는 독자에게 제러미가 칼의 가장 친한 친구라고 말할 필요가 없다. 두 사람의 행동을 통해 보여주면 된다.

- 불필요한 정보를 투하하는 경우

열네 살 제러미는 학교 식당으로 들어가 역시 열네 살인 칼 옆에 앉았다. 제러미는 칼의 가장 친한 친구다. 둘은 유치원 때부터 친구였다. 그들은 유치원의 첫 점심시간 때 만났다. 제러미가 칼의 옆자리였고 급식 도우미 아주머니가 볼로네즈 스파게티를 접시에 놓아주었다. 둘은 동시에 자리에 앉았고 그 순간부터 절친한 사이가 되었다.

"어이, 친구." 제러미가 말했다.

- 불필요한 정보 투하가 아닌 경우

학교 식당으로 들어가는 제러미의 입가에 옅은 미소가 번졌다. 칼을 보며 그는 짙은 눈썹을 올리며 눈을 동그랗게 떴다. 칼은 제러미의 그런 표정을 좋아하면서도 싫어했다.

"어이, 친구."

제러미가 칼과 주먹을 부딪치고 옆자리에 앉았다. 칼이 물었다.

"무슨 속셈이야?"

"어떻게 알았어?"

칼이 눈알을 굴렸다.

"네가 라디오를 가방에 숨긴 걸 아는 것하고 똑같지."

"셜록 홈즈 납셨네."

불필요한 정보 투하란 현재 진행되는 사건과 관련한 것이 아닌, 과거에 관한 정보를 제시하는 걸 말한다. 정보는 캐릭터의 행동, 인물끼리의 관계, 벌어진 비극의 원인 등을 '설명'한다. 하지만 설명은 말하는 것과 똑같다. 작가라면 '말하지 말고 보여주라'라는 원칙을 알고 있을 것이다. 알고 있지만 말고 실천하라.

## 과한 정보 투하가 독자에게 미치는 영향

### 정보는 몰입을 방해한다

정보 투하는 주인공과 주인공의 현재 행동에 대한 독자의 몰입을 깨뜨린다. 앞에서 말했듯이 독자는 주인공을 통해 이야기를 경험한다. 현실에서 우리는 소설을 쓰게 된 이유를 말하기 위해 30년에 이르는 개인사와 업적에 관한 정보를 제공하지 않는다. 친구들과 나누는 대화를 생각해보라. 자연스러운 대화는 모든 것을 설명하려 하지 않는다. 때때로 짧거나 단편적으로 이루어진다.

### 독서 중이라는 사실을 상기시킨다

정보 투하는 독자가 정신을 잃고 소설에 빠져들게 하는 대신, 잉크와 종이로 된 소설책을 읽고 있다는 사실을 의식하게 한다.

멋진 디저트를 먹을 때 칼로리와 영양성분표를 보는 사람은 없다. 그저 그 디저트를 제대로 음미하고 싶을 뿐이다. 소설을 읽는 독자도 똑같다. 그들은 자신의 현실에서 잠시 벗어나 소설 속에 완전히 스며들고 싶어 한다. 그런 독자들에게 정보를 마구 투하하는 것은 몰입하려는 데 찬물을 끼얹는 셈이다. 달콤한 디저트를 먹으려 하는데 귓가에 칼로리를 읊어주는 짓은 하지 말자. 너무 잔인한 짓이다.

### 이야기의 진행 속도를 늦춰 지루해진다

정보 무더기는 짜릿한 감정의 롤러코스터와 정반대다. 감정은 없고 사실만 나열된 목록에 불과하다. 게다가 이야기의 속도까지 늦춘다. 소설 독자가 읽고 싶은 건 히어로의 활약과 역경 극복, 아찔한 로맨스지 극동 지역의 석조 건축에 관한 『전쟁과 평화』만 한 두께의 사전이 아니다. 이 문장을 쓰는 것조차도 지루한데 실제로 그런 책을 읽어야 한다면 어떻겠는가? 관련 없는 정보는 무자비하게 잘라버려라.

## 처음에만 소극적으로

주인공은 '처음에는' 적극적으로 나서지 않다가 어느 순간 행동의 필요성을 받아들이고 움직인다. 하지만 주인공이 적극적으로 나서기 전에도 이야기를 이끌어가는 사람은 주인공이어야 한다.

만약 그가 행동에 나서길 외면한다면 멘토나 협력자가 끼어들어 격려해야 한다.

주인공은 이야기의 초반에는 소극적으로 보일 수 있지만, 클라이맥스와 결말에 이르는 전체를 두고 보면 가장 많이 선택하고 행동하고 변화를 만들어내는 캐릭터여야 한다. 그렇지 않으면 주인공이 아니다.

## 클리셰로 시작하지 마라

"'폭풍우가 치는 어두운 밤이었다' 같은 문장으로 시작하는 책은 신물이 난다." 『폼페이 최후의 날』을 쓴 작가 에드워드 불워 리턴의 말이다. 어디서 많이 본 것 같은 문장으로 작품을 시작하지 말라는 얘기다. 소설의 첫 문장은 그 소설의 첫인상이다. 첫 문장부터 독자의 김을 빼고 싶지 않다면, 아래의 예시처럼 글을 시작하는 일은 없기를 바란다.

창의적인 문장을 쓰기가 어렵다면, 클리셰들을 섞어서 사용해보라고 조언하고 싶다. 그럴듯해 보이는 문장을 '글자 그대로' 가져오는 일은 하지 말길.

서두의 클리셰는 다음과 같다.

- 꿈을 꾸거나 꿈에서 깨어나거나(그냥 하지 마라)
- 날씨 묘사(지루하다)

- “내가 들은 바에 따르면…” 같은 설명식 대사(설명하는 주인공은 매력 없다)
- 요약(정보 투하와 다를 바 없다)

## 9단계 요약

● 사건의 한복판에서 이야기를 시작하라. 팔팔 끓는 물에 독자를 집어 던져서 헤어나오지 못하게 해야 한다.

● 이야기의 서두에서 반드시 다뤄야 하는 세 가지.

- 히어로의 변화 전 모습과 '일상 세계' 보여주기
- 히어로의 목표 설정하기
- 닥쳐올 위기 설정하기

● 히어로가 사건이나 다른 캐릭터들과의 상호작용을 통해 이야기 속 세계를 경험하는 걸 보여주라. 그러면 독자도 그 세계에 스며든다.

● '불필요한 정보 투하'란 현재 진행되는 사건과 관련한 것이 아닌, 과거에 관한 정보를 제시하는 걸 말한다. 캐릭터의 행동, 인물끼리의 관계, 벌어진 비극의 원인 등을 너무 구구절절 설명하지 마라.

● 서두를 정보 무더기로 만들면 안 되는 이유

- 독자의 몰입을 방해한다.
- 독자에게 독서 중이라는 사실을 상기시킨다.
- 이야기의 진행 속도를 늦춰 지루해진다.

● 말하지 말고 보여주라.

● 목표의 다섯 가지 유형: 승리, 저지, 탈출, 전달, 획득

## 생각해볼 질문

- 내가 쓰고 있는 소설의 첫 문장은 무엇인가?

- 내 소설의 서두를 떠올려보자. 캐릭터들이 살고 있는 '일상 세계'를 보여주었는가? 히어로의 목표와 그에게 닥칠 위기가 등장하는가?

# Step ↛ 10

# 캐릭터 업그레이드하는 법

## 캐릭터에
## 뉘앙스를 부여하라

가장 중요한 마지막 단계에 도달했다. 케이크 만들기에 비유하자면 아이싱을 올리는 단계까지 온 것이다. 지금까지 우리는 캐릭터 조형에 필요한 요소를 모두 다뤘다. 주제, 성격, 캐릭터 아크, 트롭, 확고한 동기와 목적, 영혼의 상처…. 당신이 잘 따라왔다면 탄탄한 주인공 캐릭터를 만들었을 것이다. 그러나 아직 무언가 살짝 부족하다.

우리에게 필요한 것은 독자가 한 입만 더! 하고 외칠 만큼 달콤한 아이싱, 바로 '캐릭터의 뉘앙스'다.

뉘앙스란 음색, 명도, 채도, 색상, 어감 따위의 미묘한 차이, 혹은 그런 차이에서 오는 느낌이나 인상을 말한다. 고유한 뉘앙스를 지닌 캐릭터는 독자의 뇌리에 깊이 남는다. 주변에 매력적이라고 느껴지는 사람을 떠올려보라. 그는 왜 그렇게 매력적인가? '잘 설명할 순 없지만 왠지 좋은' 분위기를 풍기지 않는가? 독자를 홀리는 히어로를 만들고 싶다면 바로 그 분위기, 그 뉘앙스를 더해주어야 한다.

그렇다면 뉘앙스는 어디에서 오는가. 바로 디테일이다. 당연한 클리셰처럼 들릴 것이다. 그렇지만 진실이다. 내 눈썹이 파르르 떨리고 있지만 진짜다. 당신의 히어로를 다른 캐릭터들과 구분짓는 미묘한 뉘앙스는 디테일로 만들 수 있다. 어쩌면 10단계는 이 책에서 가장 중요한 부분이라고 할 수 있다. 디테일을 더하는 것이야말로 평범한 작품을 미켈란젤로의 걸작으로 업그레이드하는 핵심이니까. 이제부터 디테일 작업을 위해 우리에게 필요한 도구가 있다. 바로 '히어로 렌즈'다.

## 히어로 렌즈라는 마법

히어로 렌즈라니, 이건 도대체 어디에 쓰는 물건일까? 자 이렇게 생각해보자. 모든 캐릭터는 책을 들여다보는 망원경이자 거울이며 돋보기다. 이건 또 무슨 얘기냐고? 알다시피 이것들은 전부 렌즈다(거울은 렌즈가 아니라고 주장하는 목소리가 들린다. 거기 아인슈타인 씨, 제 비유를 망치지 말아주세요). 독자는 캐릭터를 렌즈 삼아 이야기를 경험한다. 그중 독자들이 가장 동일시하며 공감하는 캐릭터인 히어로는 소설 전체를 경험하는 가장 큰 렌즈다. 때로 히어로는 거울이 되기도 한다. 독자는 히어로 캐릭터를 거울삼아 자신을 비춰보니까.

히어로가 보고 느끼고 생각하고 행동하는 모든 것이 작은 문학의 렌즈로 독자를 에워싼다. 히어로가 경험하지 않는 한 책에서는 아무 일도 일어나지 않는다. 모든 건 히어로를 통해 탄생하며 비로소 책 바깥으로 나온다. 히어로는 독자가 책을 들여다보는 렌즈이며, 독자는 이 렌즈를 원하고 탐낸다. 작가는 히어로 렌즈에 다른 캐릭터와는 조금 다른 컬러를 넣어주어야 한다. 히어로라는 케이크에 마법의 아이싱을 올려야 한다는 뜻이다.

## 작가가 아닌 히어로의 목소리를 들려줘라

작가들은 히어로, 즉 주인공 캐릭터를 만들 때 어떤 점을 가장 어려워할까? 나는 작가들과 작가 지망생들을 대상으로 직접 인터뷰에 나섰다. 그들은 공통적으로 '설명적인 대화나 서술을 사용하지 않으면서 히어로가 어떤 캐릭터인지 넌지시 암시하는 게 어렵다'는 답변을 들려주었다. 어떤 작가는 이것을 '독자에게 작가의 목소리가 아닌 주인공의 목소리를 들려주는 일'이라고 표현했다. 또 다른 작가는 '주인공 캐릭터를 주인공이 원하는 대로 표현하는 일'이라고 말하기도 했다. 캐릭터를 설명하지 않고 어떤 인물인지 보여주는 일이 어렵다는 말에 전적으로 동감한다.

하지만 캐릭터의 기반이 되는 동기와 기질(성격 특성)을 잘 형성했다면, 그렇게 어렵지 않다. 캐릭터든 케이크든, 집이든 춤이든 모든 작업은 기반에서부터 층층이 쌓아 올려야 한다.

동기와 기질 자체가 그 캐릭터를 특별하게 만든다는 말은 아니다. 캐릭터를 특별하게 하는 건 그가 그것을 구현하는 방식이다. 캐릭터는 특성에 따라 세상을 경험한다. 일란성 쌍둥이라도 한 명은 『반지의 제왕』을 세기의 걸작이라고 평가하고 한 명은 어린 애나 보는 판타지 소설이라고 평가할 수도 있는 것처럼.

뉘앙스를 지닌 캐릭터는 독자에게 오감을 활용해 이야기 속 세상을 보여준다. 그가 세상을 어떻게 보고 듣는지, 어떤 촉감과 맛을 느끼는지에 대한 감각적인 묘사가 히어로 렌즈를 특별하게 만들며, 다른 캐릭터와의 미묘한 차이를 보여준다.

렌즈는 네 부분으로 이루어진다.

- 행동
- 생각
- 대화
- 감정

히어로의 행동, 생각, 대화, 감정에는 캐릭터가 지닌 고유의 기질이 반영되어야 한다.

## 캐릭터의 고유한 기질을 디테일하게 묘사하라

작품의 거미줄과 게슈탈트 법칙을 다시 생각해보자. 나고 자란 환경과 지금껏 해온 경험들, 타고나고 발달시킨 기질적 특성이 한 사람을 이룬다. 이런 요소들로 개인은 세상을 보는 관점을 갖게 된다. 뭐 하나 물어보겠다. 청록색은 파란색에 가까운가, 녹색에 가까운가?

답은 중요하지 않다. 누구는 녹색이라고 하고 누구는 파란색이라고 대답할 것이다. 우리에게는 사물을 바라보는 각자의 고유한 시선이 있다. A라는 인물의 시선과 B라는 인물의 시선이 어떻게, 왜 다른지 이해하는 일은 작가에게 매우 중요하다.

캐릭터 창조를 위해 연구해야 할 부분이기 때문이다.

생각해보자. 우리는 어떤 상대에게 유대감이나 호감을 느낄까? 그와 내가 서로 비슷한 렌즈로 세상을 바라보고 있다고 느낄 때, 혹은 세상을 보는 렌즈는 다르지만, 상대방의 관점을 통해 내가 보지 못했던 것을 보고, 깨달음을 얻게 될 때, 그리고 그가 자신을 진정으로 솔직하게 드러낼 때다. 주인공이 경험하는 세상을 그 캐릭터만이 지닌 기질을 반영해 디테일하게 묘사하라. 독자가 캐릭터를 안다고 느끼고, 나아가 호감을 느낄 수 있도록 말이다.

히어로를 다른 캐릭터와 구분 짓는 미묘한 차이와 개성도 여기에서 나온다. 히어로가 지닌 내적 특성이 어떤 모습으로 나타나는지도 보여줄 수 있다.

예컨대 분노한 주인공은 마을의 퍼레이드를 이렇게 바라볼 것이다.

> 마을 사람들은 플래카드를 마치 소총처럼 휘두르며 거리 곳곳을 누볐다. 그들은 마지막 전투에 나가는 병사들 같았다. 전장의 북소리 같은 그들의 발소리가 내 귀에 시끄럽게 부딪혀 이가 갈리고 피가 끓었다.

하지만 외롭고 우울한 주인공의 눈에 비친 마을 퍼레이드는 이런 모습이다.

> 사람들은 물살처럼 서로를 흐르듯 지나갔다. 하나의 목적을 위해 단결된 것처럼 보였지만 결속을 외치고 노래하는 소리가 꼭 추모객들의 애가처럼 들렸다. 나는 그들 사이의 벌어진

틈새를, 흐트러진 모습을, 고립에 대한 두려움을 본다. 그들은 파도와 같은 군중 속에서 가라앉는다. 저렇게나 많은 사람이 있지만 모두가 홀로 싸우고 있다.

두 예문에서 '분노'나 '외로움' 같은 단어를 사용하진 않았지만, 두 감정을 암시적으로 느낄 수 있다. 캐릭터의 렌즈 때문이다. 두 캐릭터는 같은 사건을 경험하지만 다르게 느끼고, 보고, 듣는다.

히어로가 보는 세상을 묘사할 때 그만의 고유한 기질을 기반으로 한 감각적인 표현에 공을 들여라. 캐릭터에 깊이를 더하고 더욱 반짝이게 만들 수 있는 방법이다.

예를 들어보자. 멜리사 앨버트의 『헤이즐 우드The Hazel Wood』에는 사물의 껍질을 벗겨 안을 들여보는 걸 좋아하는 호기심 많은 소녀 앨리스가 히어로로 등장한다. 작가가 앨리스의 성격을 어떻게 암시하는지 살펴보자.

"그는 좀 더 똑바로 앉아 나에게 초점을 맞췄다. 그의 얼굴에 다시 미소가 떠올랐지만, 그의 안을 본 나로서는 그것이 진실한 미소가 아니라는 것을 알 수 있었다."

"선명했던 기억들이 가장자리에서부터 지워져가고 있었다. 그것들이 내 손안에서 분해되는 게 느껴졌다."

앨리스는 기억의 질감과 느낌에 대해 골똘히 생각한다. 사람들의 껍질을 한 겹 한 겹 벗겨 그 내면을 관찰하고자 한다. 이는 다른 캐릭터들과 확연히 구분되는 고유한 특성이며, 독자의 뇌리에 강한 인상을 남긴다.

## 기벽과 습관을 부여하라

작가들은 히어로를 특별하게 만들고 싶을 때 기벽과 습관을 사용한다. 기벽과 습관은 엄연히 다르다. 습관은 반복적인 패턴으로 행해지는 일상적인 움직임을 말한다. 자동적이며, 보통의 독자들은 '특이하다'고 느끼지 않을 법한 것들이다. 대화할 때 안경을 자꾸만 위로 올리거나 아침마다 라디오를 듣거나 하는 것 말이다.

반면 기벽은 '특이하다'라는 말이 절로 나오는 행동을 말한다. 습관과 달리 의도적이며, 보통의 독자들과 다른 캐릭터들의 주목을 잡아끌 것이다. 예를 들어, 영화 〈우리는 파키스탄인〉에는 무슨 일이 있어도 재킷을 벗지 않으려 하는 소년 사지드가 등장한다. 사지드는 맑으나 눈이 오나 비가 오나 심지어 잠잘 때도 재킷을 입고 있다. 이것이 기벽이다. 기벽은 캐릭터를 다른 캐릭터들과 구분해주며, 캐릭터의 독특한 개성을 함축적으로 보여준다. 기벽의 특이함이 강하면 강할수록 긴장감이 유발되며, 때로 캐릭터가 극복해야할 장벽이나 결함이 되기도 한다.

캐릭터의 기벽을 사실적으로 설정하려면 이야기에 녹여내야 한다. 튀기 위해 넣은 단순한 부가물이 아니라, 이야기에서 하나의 기능을 수행하게 하는 것이다. 캐릭터의 성장 과정이나 결함과 관련을 짓거나, 앞으로 맞닥뜨릴 장애물과 연결할 수도 있다.
기벽을 설정하는 가장 손쉬운 방법은 주인공의 성격적 특징을 극단적으로 강조하는 것이다. 미국 시트콤 〈프랜즈〉의 모니카 겔러처럼. 모니카는 가벼운 결벽증이 있어 청소에 집착하는 캐릭터로 그려진다.

## 향신료는 적당히

당신의 입맛은 당연히 내 입맛과 다를 것이다. 나는 땀을 뻘뻘 흘리며 매운 카레를 먹는 것을 즐긴다. 반면 내 배우자는 내가 라자냐에 크러시드 페퍼를 눈곱만큼만 뿌려도 기겁한다.
독자들의 입맛도 제각각이다. 어떤 사람들은 능글맞고 말 많은 노골적인 히어로를 원하고 또 어떤 사람들은 나서기 싫어하는 진중한 성격의 히어로를 선호한다.

어느 쪽을 선호하든 모든 사람에게는 적정선이라는 게 있는 법이다. 나는 매운 카레를 좋아하지만 너무 매워서 피똥을 싸고 싶지는 않다. 독자가 감당할 수 있는 매운맛의 강도에는 한계가 있다.

허브와 향신료는 혀가 마비될 만큼이 아니라 카레의 풍미를 살릴 정도로만 사용해야 한다. 캐릭터의 기벽이나 특성도 마찬가지다. 어마어마한 매력과 강렬한 유머 감각, 파란색 머리, 발톱 먹는 페티시를 가진 요란한 주인공보다는 하나 혹은 최대 두 가지 정도의 눈에 띄는 습관이나 기벽을 설정해 그것을 최대한 활용하는 게 현명하다. 히어로의 기벽이 너무 과하면 이야기의 풍미를 압도하고 독자는 캐릭터의 진짜 성격을 파악하기 어려워질 것이다. 기벽은 미묘해야 훨씬 효과적이다.

## 강렬한 인상 남기기

짧은 인생을 사는 동안 우리는 얼마나 많은 사람을 만날까? 운이 좋아서 사고나 병으로 죽지 않고 노년까지 살아남았다고 치자. 그때에도 기억에 남는 사람은 누구일까? 시끄럽고 요란했던 누군가는 아닐 것이다. 아마 다음 중 하나일 것이다.

- 어떻게든 나를 변화하게 한 사람. 생각을 바꾸게 하거나, 깨달음을 얻게 해준 사람
- 깊이 사랑했던 사람
- 놀라울 정도로 나와 달랐던 사람
- 내가 가진 일부가 그에게도 있어 유대감을 느꼈던 사람

실제 사례를 하나 들어보겠다. 나는 글 쓰는 일 말고는 여행을 다니기 위해 산다고 해도 될 정도로 여행에 열정을 쏟아붓는다. 이건 내가 파리로 여행을 갔을 때의 일인데, 쇼윈도 안에 진열된 마카롱이 너무 맛있어 보여 사기로 했다. 알록달록 종류도 다양한

마카롱을 보면서 고민하는 내가 괴로워 보였던지 가게 주인이 도와주러 왔다. 그는 나에게 무엇을 원하는지 물었다. 우리의 대화는 이렇게 진행되었다.

나: 바닐라 맛 마카롱 하나 주세요.

가게 주인: 오늘은 없어요.

나: 네? (진열대 한 칸을 가득 채운 바닐라 마카롱을 쳐다본다. 바닐라 마카롱을 가리키며) 이거 말이예요. 이거 주세요.

가게 주인: (고개를 끄덕이면서 말을 알아들었음을 표현한다) 네. 오늘은 팔지 않아요.

나: 왜죠?

가게 주인: 제대로 달콤하게 만들지 못했거든요.

나: 아?!

나는 결국 바닐라 맛을 포기하고 다른 맛을 주문했다. 하지만 맛없는 마카롱을 팔지 않겠다고 선언한 가게 주인은 평생 잊을 수 없을 것이다. 그의 행동은 너무나 예상 밖이었기에 기억에 또렷이 남았다. 3단계에서 설명했듯이 우리는 어릴 때 휴리스틱을 만든다. 우리는 휴리스틱을 사용해 세상을 이해하고 인식한다. 도로 위의 '빨간불'은 멈추라는 뜻이고 사람의 신체는 모두 다르다거나 초콜릿은 신이 내린 음식이라거나 하는 것들을.

내 휴리스틱에 따르면 마카롱 판매는 그 가게 주인에게 중요한 일이며 당연한 일이다. 그렇기에 자기가 만든 마카롱이 맛이 없어 팔지 않겠다고 한 그 주인의 행동은 내 작은 세계를 완전히 흔들고 강렬한 인상을 남겼다. 놀라움은 독자의 관심을 사로잡는다. 앞서 말한 것처럼 기벽은 한두 개가 백 개보다 낫다. 마카롱 가게 주인의 나머지 다른 점들은 지극히 평범했다. 솔직히 그가 어떻게 생겼는지조차 기억나지 않는다. 내가 기억하는 것은 그의 유별난 기벽뿐이다. 기벽과 관련된 짧은 에피소드를 추가하면 캐릭터의 감정선과 반응 패턴을 나타낼 수 있다. 캐릭터를 소개할 때나 유머를 넣고 싶을 때도 유용하다.

## 의외성을 활용하라

의외성은 작가가 가진 가장 강력한 도구 중 하나다. 처음부터 끝까지 예측할 수 있는 요소뿐이라면 독자가 소설을 읽을 이유가 있을까? 의외성은 가장 훌륭한 아이싱이므로 히어로에게 팍팍 얹어주자.

예컨대 이렇게 활용할 수 있다.

> "당신은 마치 칼날 같고 천둥 같아요. 난 그래서 더 좋아요."
>
> 로샤니 초크시,
> 『여왕을 만진 별The Star Touched Queen』

인물을 날씨에 비유한 문장이다. 흔치 않은 묘사라 눈을 사로잡는다. 이 캐릭터는 상대를 칼날의 뾰족함과 단단함, 천둥의 압도하는 모습으로 느끼고 있다는 걸 알 수 있다. 이것이 바로 캐릭터 렌즈다.

또한 의외성은 독자에게 주인공의 성격을 암시한다.

> "나는 세 군데에서 피를 뚝뚝 흘렸고 엄마가 떠나는 모습을 바라보았다. 내가 편안함보다는 응징을 선택하리라는 사실을 엄마가 알아서 기뻤다."
>
> 멜리사 앨버트,
> 『헤이즐 우드』

주인공은 세 군데에서 피를 흘리면서도 엄마가 떠나는 것을 기쁘게 지켜본다. 독자는 범상치 않은 캐릭터의 행동에 놀라고, 주목하게 된다. 엄마는 자식을 보호하려 할 것이라는 기대가 있기 때문이다. 엄마는 피 흘리는 딸을 도와주지 않고 떠나고, 그 모습을 태연히 받아들이는 딸. 비록 짧은 문장이지만 독자는 이 글에서 많은 걸 느끼고 이해할 수 있다. 주인공이 기꺼이 응징을 선택하며, 다친 몸을 스스로 돌볼 수 있을 만큼 강인한 캐릭터라는 것. 그리고 그런 면모를 어쩌면 엄마에게 물려받았을 거라는 점까지.

## 병치법을 활용하라

병치법은 내가 가장 좋아하는 문학 도구 중 하나다. 사전에서는 병치를 이렇게 정의한다.

"비교나 대조를 위해 가까이 또는 나란히 배치하는 것."

병치는 감정, 대화, 주제, 행동에 엮어 넣을 수 있다. 나는 감정을 병치한 장면을 무척 좋아한다. 인간은 대단히 복잡하고 다층적인 존재라, 하나의 감정만 느낄 때가 오히려 드물다. 사랑하는 사람이 오랜 투병 끝에 세상을 떠나면 당연히 무척 슬프지만, 한편으로는 그 사람의 고통이 끝났으며, 그를 간병하는 사람으로서의 고생도 끝났다는 사실에 안도하기도 할 것이다. 동시에 그런 감정에 대해 죄책감도 느낄 것이다. 캐릭터가 느끼는 복잡하고 다양한 감정을 디테일하게 표현하면 사실적일뿐만 아니라 캐릭터에 깊이를 더할 수 있다.

## 영웅의 심장을 찢어<br>그 피를 페이지에 묻혀라

감정 묘사는 정말 중요하다. 인간은 종종 강력하거나 모순되는 두 가지 감정을 동시에 느끼지만, 그것을 공공연하게 표현하지는 않는다. 보통은 자기 자신과 주변 사람들이 기대하는 감정을 명백하게 드러내고, 모순적인 감정은 억누르거나 자신만 알도록 숨긴다. 그러나 아무리 숨겨도 몸짓이나 표정, 말(실수)에서 드러나게 된다. 작가도 이러한 단서를 제공해야 한다. 캐릭터가 모순된 감정을 느끼고 있다는 걸 공공연하게 밝히기보다는 미묘한 암시로 '뉘앙스'를 만들어야 한다. 앞서 예를 든 것처럼 오랜 투병

생활 끝에 사랑하는 가족이 세상을 떠나 슬픔과 안도감을 동시에 느끼는 캐릭터가 있다면, 슬픔은 외적으로 드러내고, 안도감은 혼자 삼키는 모습으로 그려질 것이다.

감정이 병치되는 장면에는 '명백한' 핵심 감정이 있다. 보통은 분노나 슬픔, 증오 같은 폭발적인 감정이 캐릭터를 압도하지만, 그 아래에는 후회, 안도감, 사랑 같은 좀 더 약하고 모순적인 감정이 끓고 있다. '말하지 않고' 한 장면에서 두 가지 감정을 사실적으로 보여주려면 감정을 분리할 필요가 있다. 더 폭발적이고 압도적인 감정은 행동과 대화를 통해 표현되며, 내적인 감정은 생각과 보디랭귀지를 통해 드러나야 한다. 사랑하는 가족의 임종을 지키는 상황이라면 캐릭터는 왈칵 눈물을 터뜨릴 것이다. 하지만 살짝 처진 어깨를 하고 눈물 젖은 미소를 짓는 그의 표정 묘사를 통해 복합적인 마음을 살짝 내보일 수 있다. 감정의 조합은 독특할 필요가 없다. 그러나 주인공의 표현 방식은 특별할 것이다. 그것이 캐릭터 렌즈의 활용이다.

> "다크링이 천천히 내 쪽으로 고개를 돌렸고 내 말꼬리가 흐려졌다. 그의 회색 눈동자는 그의 소매를 움켜쥔 내 손으로 옮겨갔다. 소매를 내려놓았지만 쉽게 포기할 생각은 없었다."
>
> 리 바두고,
> 『섀도우 앤 본』

알리나는 다크링의 움직임에 두려움을 느끼고 동작을 멈추지만, 포기하지 않겠다는 굳건한 의지는 그대로다.
병치가 인물 묘사에 매우 효과적인 이유는 매우 강한 이미지를 불러일으키기 때문이다. 캐릭터를 묘사할 때 정말로 그렇다.

『헤이즐 우드』의 작가 앨버트는 병치를 묘사의 목적으로 탁월하게 활용한다.

> "그녀는 겉으로 보기에 아름답고 매력적이며 선명하게 반짝였지만, 속은 강철처럼 굳셌다. 마치 난초 꽃다발로 감싼 칼날 같았다. 나는 그녀를 데려간 자가 누구인지 모르겠지만 그녀를 과소평가하는 실수를 저질렀기를 바랐다."
>
> 멜리사 앨버트,
> 『헤이즐 우드』

앨버트는 아름다움과 매력처럼 부드러운 것과 '날카롭고 강철 같은 것'을 대조시킨다. 특히 난초 꽃다발로 감싼 칼날이라는 추가적인 병치가 등장하면서 이 여성이 어떤 사람인지 명확한 그림이 그려진다.

감정이나 인물을 묘사할 때 병치를 활용해보자. 히어로 렌즈에 흥미와 매력을 더하는 좋은 문학적 장치니까. 앨리스처럼 아름답고 섬세하지만 파괴적이고 강렬한 캐릭터를 묘사해봐도 좋고, 헤르미온느처럼 지적이고 거만한 캐릭터를 그려도 좋을 것이다.

먼저 좋아하는 책이나 유독 캐릭터 묘사가 좋았던 것으로 기억되는 책들을 골라 책상 위에 두고, 포스트잇과 연필을 준비하자. 그다음 책을 한 권씩 읽으며 눈에 띄는 표현과 문장, 묘사를 표시한다. 관심을 끄는 이유가 분명 있을 것이다. 소설을 다 읽고 나면 표시한 문장들을 쭉 살펴보면서 패턴을 찾아보자.

문장의 리듬과 속도, 단어 선택, 장치 활용, 그 사이 어딘가에 분명 세련되게 다듬어진 히어로 렌즈가 보일 것이다.

## 내용과 스타일 맞추기

캐릭터의 행동에 따라 묘사의 '스타일', 즉 문체가 바뀌어야 한다. 싸움 장면을 그린다면 모든 캐릭터의 행동이 빠르고 폭력적일 것이다. 문체 또한 이것을 반영해야 한다. 짧은 문장은 속도감을 주고 독자를 좀 더 빠르게 이야기 속으로 밀어붙인다. 명료한 언어도 같은 효과를 낸다. 묘사가 적을수록 장면은 더 빠르게 진행될 것이다. 액션은 은유와 비유가 아니라 실제적인 묘사로 표현해야 한다. 하지만 캐릭터가 사랑에 빠지는 장면이라면 이와는 사뭇 다른 문체를 사용해야 할 것이다. 우리가 사랑에 빠졌을 때를 생각해보라. 상대의 작은 부분 하나하나에 관심을 기울이고, 몸의 감각은 예민해지며 모든 사랑 노래가 다 내 얘기인 것처럼 들린다. 캐릭터가 사랑에 빠졌다면, 은유와 비유로 가득한 긴 문장이 어울릴 것이다.

당신의 캐릭터가 취하는 행동에 대해 생각해보라. 문장의 구조와 구성이 그것을 반영하고 있는가?

"그의 손은 실 위에서 맴돌며 손가락을 튕기고 실뭉치를 홱 잡아당기며 으르렁거렸다. 실이 아니라 사람의 목을 찢는 듯

신속하고 무자비한 움직임이었다."

로샤니 초크시,
『여왕을 만진 별』

길고 고급스러운 문장이다. 캐릭터가 취하고 있는 행동, 즉 태피스트리에서 기다란 명주실을 잡아당기는 모습을 묘사하고 있다. 하지만 흥미로운 직유와 비교도 있다. 작가는 실을 잡아당기는 매끄럽고 부드러운 행위를 목을 찢는 것 같은 폭력적인 행동에 비유함으로써 더욱 선명한 이미지를 제공한다. 더불어 주인공이 상대를 어떻게 인식하는지 암시적으로 드러내고 있다. 전혀 폭력적이지 않은 행동에 대단히 폭력적인 비유를 사용함으로써 상대를 향한 주인공의 불편한 마음과 불신이 말하지 않고도 분명하게 드러난다.

## 시간의 흐름과 캐릭터 변화 보여주기

히어로의 캐릭터 아크가 변화한다면, 당연히 그의 관점도 처음과 달라질 것이다. 캐릭터 아크의 클라이맥스에 도달하면서 자신의 결함을 극복하거나, 거짓을 꿰뚫어 보고 자신의 숨겨진 힘에 대해 깨달음을 얻었을 테니까. 따라서 히어로는 세상과 그의 경험을 새로운 시각으로 바라보고 묘사할 것이다.

"그녀의 목소리는 여전히 거칠었지만, 거의 관능적으로 느껴지던 힘은 사라지고 없었다. 지금은 그저 돌이 질질 끌려다니는 소리처럼 들렸다. 어두운 승리감이 내 가슴에 스며들었다."

로샤니 초크시,
『여왕을 만진 별』

위 문장은 히어로 렌즈에 나타난 변화를 보여준다. 주인공이 느끼는 상대 캐릭터의 목소리 묘사를 통해 시간이 흘러 상황이 변했음을 드러내고 있다. '어두운 승리감'을 느낀다는 것을 보니, 주인공과 상대 캐릭터의 권력 관계가 뒤바뀌었을 것임을 추측할 수 있다.

## 침묵을 사용하라

히어로는 항상 이야기의 중심이다. 그러나 그렇다고 해서 히어로가 쉬지 않고 떠들어야 하는 것은 아니다. 때로 가장 강력한 권력을 가진 자는 아무 말 하지 않는(할 필요가 없는) 사람이기도 하다.

"그녀의 침묵은 해럴드의 목소리보다 더 컸다. 나에게 사용한 적은 없지만 침묵은 그녀의 가장 강력한 힘이었다.

그녀는 상대가 그녀에게 닿을 말을 생각하고 있는 동안
가만히 응시하고 아무 말도 돌려보내지 않는다. 나는 그녀가
침묵만으로 사람들에게서 비밀이나 고백, 약속을 끌어내는 것을
보았다. 그녀는 침묵을 무기처럼 휘둘렀다."

멜리사 앨버트,
『헤이즐 우드』

나는 여러 이유로 이 문장을 좋아한다. 침묵의 강력한 힘을 보여주기 때문이기도 하고, 무엇보다 주인공 앨리스가 엄마를 묘사하는 방식이 마음에 들어서다. 앨리스는 엄마가 상대를 다루는 모습을 약간의 경외심을 갖고 묘사하면서도, 엄마가 그 힘을 '나에게 휘두른 적은 없다'고 말한다. 여기서는 그의 자신감을 엿볼 수 있다. 앨리스는 자신이 엄마보다 우월하며, 사실 그 누구보다도 잘났다고 생각하는 캐릭터인데, 훗날 이 생각이 앨리스의 발목을 잡는다.

"예상은 했지만 그 말은 여전히 나의 많은 것을 빼앗아갔다.
나는 그의 말을 들으며 가만히 서 있었다. 달리 어떻게 해야 할지
몰랐다.

멜리사 앨버트,
『헤이즐 우드』

침묵으로 주인공의 감정과 행동을 드러내는 또 다른 문장이다. 누구나 감정에 압도당한 경험이 있다. 어떤 사람들은 비명을 지르고 울지만 어떤 사람들은 혼자 속으로 처리하기도 한다.

캐릭터의 행동으로 캐릭터의 면모를 암시적으로 드러낼 수 있음을 보여주는 문장이다.

## 10단계 요약

- '고유한 뉘앙스'를 지닌 히어로 캐릭터를 만들고 싶다면 '히어로 렌즈'가 필요하다. 히어로가 보고, 느끼고, 생각하고, 행하는 모든 것이 작은 문학의 렌즈로 독자를 에워싼다. 히어로가 경험하지 않는 한 책에는 아무 일도 일어나지 않는다. 독자는 히어로를 렌즈 삼아 이야기를 경험한다. 렌즈는 네 부분으로 이루어진다.
  - 행동
  - 생각
  - 대화
  - 감정

- 캐릭터가 자기 경험을 묘사하는 방식이나 은유적으로 무언가를 표현할 때 그의 성격을 엿볼 수 있게 하라. 그러면 독자에게 캐릭터가 어떤 인물인지 말하지 않고 보여줄 수 있다.

- 작가들은 히어로를 특별하게 만들고 싶을 때 기벽과 습관을 사용한다. 기벽과 습관은 엄연히 다르다. 습관은 반복적인 패턴으로 행해지는 일상적인 움직임을 말한다. 자동적이며, 보통의 독자들은 '특이하다'고 느끼지 않을 법한 것들이다.

- 기벽은 '특이하다'라는 말이 절로 나오는 행동을 말한다. 습관과 달리 의도적이며, 보통의 독자들과 다른 캐릭터들의 주목을 잡아끌 것이다. 기벽은 캐릭터를 다른 캐릭터들과 구분해주며, 캐릭터의 독특한 개성을 함축적으로 보여준다. 기벽의 특이함이 강하면 강할수록 긴장감이 유발되며, 때로 캐릭터가 극복해야할 장벽이나 결함이 되기도 한다. 캐릭터의

기벽을 사실적으로 설정하려면 이야기에 녹여내야 한다. 튀기 위해 넣은 단순한 부가물이 아니라, 이야기의 한 부분으로 기능하게 하라.

---

- 우리의 기억에 남는 이들은 시끄럽고 요란한 사람들이 아니다. 다음처럼 우리에게 큰 영향을 준 사람들이다.

  - 어떻게든 나를 변화하게 한 사람
  - 깊이 사랑했던 사람
  - 놀라울 정도로 나와 달랐던 사람
  - 내가 가진 일부가 그에게도 있어 유대감을 느꼈던 사람

---

- 의외성은 작가가 마음대로 활용할 수 있는 가장 강력한 도구다.

---

- 인간은 대단히 복잡하고 다층적인 존재라, 하나의 감정만 느낄 때가 오히려 드물다. 캐릭터가 느끼는 복잡하고 다양한 감정을 표현할 때 병치법을 사용할 수 있다.

---

- 캐릭터가 복합적인 감정을 느끼는 장면에서, 그의 외적인 감정(캐릭터가 드러내고 싶어하는 감정)은 행동과 대화를 통해 공공연히 표현된다. 그러나 내적인 감정(숨기고 싶거나 무의식적인 감정)은 보디랭귀지나 말실수 등을 통해 드러난다.

---

- 히어로의 캐릭터 아크가 변화한다면, 당연히 그의 관점도 처음과 달라질 것이다. 캐릭터 아크의 클라이맥스에 도달하면서 자신의 결함을 극복하거나, 거짓을 꿰뚫어 보고 자신의 숨겨진 힘에 대해 깨달음을 얻었을 테니까. 따라서 히어로는 세상과 그의 경험을 새로운 시각으로 바라보고 묘사할 것이다.

## 생각해볼 질문

- 나의 히어로 캐릭터에게 기벽을 설정해보자. 다만 이야기와 겉돌지 않게 해야 한다. 캐릭터의 과거나 트라우마 등과 연결짓거나 이야기의 끝에서 문제 해결의 실마리로 기능하도록 설계해도 좋다.

- 나의 히어로에게는 '고유한 뉘앙스'가 있는가? 이번 장에서 이야기한 다양한 요소를 활용해 캐릭터의 '렌즈'를 강화해보자.

마무리하며

## 캐릭터를 구워보자!

당신은 해냈다. 내 자질구레한 설명과 괴상한 비유를 잘 참아냈다. 여기까지 왔으니 아마 당신이 고심해서 창조한 주인공의 매력을 강화할 비결 한두 가지는 얻었을 것이다.

캐릭터와 이야기는 부분의 총합이 전체보다 큰 무엇이다. 작품의 거미줄을 짤 때, 게슈탈트 법칙을 기억해주길 바란다. 당신의 주인공은 이야기의 구현체다. 책에서 이야기한 단계들을 차근차근 밟아나간다면, 분명 멋진 이야기를 가진 빛나는 히어로를 만나게 될 것이다.

부록에는 캐릭터의 긍정적 특징과 부정적 특징, 영혼의 상처를 비롯해 다양한 목록을 실어두었으니 참고하라.

명심해라. 당신의 주인공을 만드는 사람은 바로 당신이다. 당신 손에 달렸다. 그러니 장르 트롭과 시장 트렌드뿐 아니라 이 책에서 언급한 것들을 참고해 최선의 결정을 내리길 바란다. 공부를 멈추지 마라. 좋아하는 히어로 캐릭터를 해체해 법의학자처럼 속속들이 연구하라. 하지만 주인공 캐릭터를 만드는 데 필요한 기본적인 재료는 이미 다 당신 손에 있다는 것도 잊지 말기 바란다. 이제 그 재료를 한데 모아 멋진 캐릭터를 만들기만 하면 된다. 당신은 할 수 있다!

## 감사의 말

한 장르의 두 번째 책을 쓰는 작업이 왜 그렇게 혹독해야 하는지 모르겠지만, 첫 번째도 두 번째도 모두 힘들었습니다. 그래서 감사드릴 분이 많습니다.

우선 별난 나를 인내심을 가지고 지켜봐주고 꿈을 응원해준 아내에게 감사를 전합니다. 허리 아픈 나를 위해 섬세하게 배려해주던 당신 고마워. 벤츠 꼭 사줄게… 약속해. 아틀라스, 내 아들. 내가 매일 밤 끝없이 커피를 마시면서 열심히 일하고 더 나은 미래를 꿈꾸는 이유는 바로 너란다. 꿈을 따라가도 성공할 수 있다는 걸 언젠가 보여줄게.

내 어린 시절을 마법 같은 이야기와 움직이는 도서관으로 채워주신 어머니께 감사드립니다. 어머니 덕분에 동네 도서관에서 읽고 싶은 책을 모조리 읽었어요. 저에게 상상력의 열쇠를 주신 어머니, 언제나 감사하는 마음입니다. 아버지, 항상 제가 뭐든 할 수 있다고 진지하게 믿어주시고 응원해주셔서 감사해요.

수지, 헬렌, 루시… 내 작가 친구들. 우리는 언젠가 문학계를 지배하게 될 거야. 한 번에 한 단어, 한 문장씩 나아가자. 앨리포츠, 몇 번이나 내 마음을 다잡아주고, 내가 책임감 있게 앞으로 나아갈 수 있도록 도와주어서 고맙습니다. 내가 떼를 쓸 때마다 몇 번이고 구해주었지요. 애덤 크로프트, 훌륭한 코미디언이자 나의 비밀 멘토, 문법 경찰, 내 친구. 당신의 지지가 얼마나 큰 도움이 됐는지 모릅니다. 감사합니다.

에이미 머피 박사님(지금쯤 셰넌 박사님이 되어 있겠지요), 10년이 넘은 우정에 감사합니다. 당신은 내가 이루지 못한 심리학자의 꿈을 이루었죠. 심리학 자문을 비롯해 여러 조언 고맙습니다. 연구용 설문 조사에 답해준 작가, 블로거, 친구, 독자분들께 감사합니다. 큰 빚을 졌어요. 마지막으로, 이 책을 읽어주신 독자 여러분, 진심으로 감사합니다. 도움이 되었으면 좋겠네요. 작가 여러분의 성공을 빕니다.

부록 1

# 캐릭터 성격·특징 목록

## • 긍정적인 성격·특징

감상적인
Sentimental

감성이 뛰어난
Sensitive

강인한
Strong

강직한
Upright

개방적인
Open

개인주의
Individualistic

객관적인
Objective

건강한
Healthy

결단력 있는
Decisive

겸손한
Humble

경건한
Reverential

계획을 잘 세우는
Planner

고결한
High-minded

고마워하는
Appreciative

고상한
Tasteful

공감을 잘하는
Empathetic

공감하는
Sympathetic

공들이는
Painstaking

공부를 열심히 하는
Studious

공손한
Respectful

공유하는
Sharing

공정한
Fair

관대한
Tolerant

교양 있는
Cultured

권위적이지 않은
Non-authoritarian

규율을 잘 따르는
Disciplined

균형 잡힌
Balanced

극기심
Self-denying

극적인
Dramatic

근면한
Hardworking

금욕적인
Stoic

기민한
Alert

기분 좋은
Agreeable

기특한
Admirable

깊은
Deep

깔끔한
Neat

깨끗한
Clean

꼼꼼한
Meticulous

꾸준한
Steady

낙관적인
Optimistic

남의 마음을
상하게 하지 않는
Inoffensive

낭만적인
Romantic

냉철한
Clear-headed

너그러운
Forgiving

논리적인
Logical

느긋한
Relaxed

능동적인
Active

능률적인
Efficient

다가가기 쉬운
Accessible

다면적인
Multileveled

다재다능한
Many-sided

다정한
Sweet

다채로운
Colorful

단순한
Simple

단정한
Tidy

단호한
Forceful

대담한
Daring

도량이 넓은
Magnanimous

도움이 되는
Helpful

도전적인
Challenging

도회적인
Urbane

독단적이지 않은
Undogmatic

독립적인
Independent

독창적인
Original

동반자
Companion

따뜻한
Hearty

따뜻한
Warm

뛰어난
Brilliant

리더
Leader

마음을 끄는
Winning

매력적인
Attractive

매혹적인
Captivating

멋지고 당당한
Debonair

멋진
Charming

명랑한
Cheerful

명예로운
Honorable

모험심 강한
Adventurous

모험적인
Venturesome

목적의식이 있는
Purposeful

미리 예상해
선수를 치는
Anticipative

미묘한
Subtle

믿을 만한
Reliable

배려심 많은
Caring

변함없는
Steadfast

변화무쌍한
Protean

보호해주는
Protective

부드러운
Good-natured

분명하게 표현하는
Articulate

분별 있는
Sane

불평하지 않는
Uncomplaining

비범한
Extraordinary

사교적인
Social

사랑스러운
Lovable

사려 깊은
Considerate

사심 없는
Selfless

상냥한
Friendly

상상력이 뛰어난
Imaginative

상황 판단이 빠른
Shrewd

서정적인
Lyrical

선견지명이 있는
Farsighted

설득력 있는
Persuasive

성숙한
Mature

성찰적인
Reflective

세련된
Polished

세심한
Scrupulous

섹시한
Sexy

소박한
Rustic

속이 꽉 찬
Solid

속지 않는
Unfoolable

솔직 담백한
Forthright

수수한
Modest

숙고하는
Contemplative

숙련된
Skillful

스승
Teacher

시간을
엄수하는
Punctual

신나는
Exciting

신중한
Prudent

실용적인
Practical

심오한
Profound

씩씩한
Gallant

아량 있는
Generous

안정감 있는
Secure

안정된
Stable

애국심이 강한
Patriotic

양보하는
Conciliatory

양심적인
Conscientious

에너지 넘치는
Energetic

여유로운
Leisurely

여유와 자신감
넘치는
Suave

역동적인
Dynamic

연민 어린
Compassionate

열성적인
Enthusiatic

열정적인
Passionate

영리한
Clever

영웅적인
Heroic

예리한
Incisive

온건한
Moderate

온순한
Tractable

온화한
Gentle

완벽주의
Perfectionist

용감한
Courageous

우아한
Elegant

운동을 잘하는
Athletic

원칙에 입각한
Principled

위엄 있는
Dignified

유능한
Capable

유머러스한
Humorous

유창한
Eloquent

유쾌한
Personable

융통성 있는
Flexible

의무를 잘 지키는
Dutiful

이상주의적인
Idealistic

이타적인
Allocentric

이해심 많은
Understanding

인기 많은
Popular

인내심이 많은
Patient

인상적인
Impressive

자급자족적인
Self-sufficient

자기비판적
Self-critical

자립적인
Self-reliant

자발적인
Self-directed

자비로운
Gracious

자신감 있는
Confident

자애로운
Benevolent

자유를
존중하는
Freethinking

자유주의
Liberal

잘 교육받고 자란
Well-bred

장난기 많은
Playful

장난기 있는
Fun-loving

재간 있는
Resourceful

재치 있는
Witty

적응력이 있는
Adaptable

전인격적인
Well-rounded

젊은
Youthful

정돈된
Orderly

정리를 잘하는
Organized

정정당당한
Sporting

정중한
Courteous

정직한
Honest

정확한
Precise

조심스러운
Discreet

조직적인
Systematic

즉흥적인
Spontaneous

지각 있는
Perceptive

지식이 많은
Knowledgeable

지적인
Intelligent

지혜로운
Wise

직관적인
Intuitive

진심 어린
Discreet

진지한
Sober

진중한
Serious

집중력이 뛰어난
Focused

참된
Genuine

창의적인
Creative

책을 많이 읽은
Well-read

책임감 있는
Responsible

천사 같은
Seraphic

철저한
Thorough

청렴결백한
Incorruptible

체계적인
Methodical

충성스러운
Loyal

충직한
Faithful

친절한
Kind

침착한
Calm

카리스마 있는
Charismatic

쾌활한
Vivacious

타인을
의심하지 않는
Trusting

태평한
Insouciant

통찰이 뛰어난
Insightful

패기 만만한
Ebullient

평온한
Peaceful

포부가 큰
Aspiring

품위 있는
Decent

하늘이 돕는
Providential

학구적인
Scholarly

학식 있는
Educated

한결같은
Constant

합리적인
Rational

해칠 수 없는
Invulnerable

행복한
Felicific

헌신적인
Dedicated

혁신적인
Innovative

현명한
Sage

현실적인
Realistic

협조적인
Cooperative

호기심 많은
Curious

확고한
Firm

- **중립적인 성격·특징**

가족주의적인
Paternalistic

가족적인
Familial

감상적이지 않은
Unsentimental

감정적인
Emotional

강렬한
Intense

거침없이 말하는
Outspoken

건조한
Dry

검소한
Frugal

격식 차리는
Formal

경쟁심이 강한
Competitive

경쟁심이 없는
Non-competitive

경쾌한
Breezy

고집 센
Stubborn

공격적이지 않은
Naggrresive

관능적인
Sensual

구식의
Old-fashioned

굳센
Tough

권위주의적인
Authoritarian

근엄한
Stern

금욕적인
Ascetic

기교 있는
Artful

기만적인
Deceptive

남과 잘
어울리지 않는
Retiring

남의 시선을
의식하는
Self-conscious

놀라운
Surprising

뉘우치는
Repentant

대충하는
Casual

도덕주의자
Moralistic

독실한
Religious

딱딱한
Crisp

말을 잘 하지 않는
Reserved

모성적인
Maternal

모순적인
Contradictory

몰두하는
Preoccupied

몽상적인
Dreamy

무신경한
Stolid

무표정한
Impassive

바뀌지 않는
Unchanging

바쁜
Busy

보이지 않는
Invisible

복잡한
Complex

부드럽고 온화한
Mellow

불경한
Irreverent

빈정대는
Sarcastic

사근사근한
Smooth

사무적인
Business-like

사적인
Private

생각이 원대한
Big-thinking

서두르는
Hurried

서두르지 않는
Unhurried

서민적인
Folksy

세속적인
Earthy

속을 알 수 없는
Unfathomable

속일 줄 모르는
Guileless

수수께끼 같은
Enigmatic

순종적인
Obedient

쉽게 영향받는
Impressionable

스킨십을 즐기는
Physical

신비주의
Mystical

신앙심이 없는
Unreligious

실험적인
Experimental

아무 제약을
받지 않는
Uninhibited

아주 다정한
Chummy

애국심이 없는
Unpatriotic

야망이 없는
Unambitious

야심 있는
Ambitious

약삭빠른
Cute

어리바리한
Absentminded

엄한
Strict

엉뚱한
Whimsical

여린
Soft

예의 차리지 않는
Unceremonious

예측 가능한
Predictable

예측 불가능한
Unpredictable

완강한
Determined

요구가
많지 않은
Undemanding

용의주도한
Circumspect

우스꽝스러운
Droll

유행에 떨어지지 않는
Stylish

은밀한
Confidential

인간미 없는
Impersonal

인습 타파적인
Iconoclastic

자부심 있는
Proud

자유분방한
Freewheeling

잔잔한
Placid

재미있는
Amusing

절제하는
Restrained

정치적인
Political

조용한
Quiet

종교적이지
않은
Irreligious

주관적인
Subjective

중립적
Neutral

지배적인
Dominating

지적인
Cerebral

털털한
Boyish

혼자 있기를 좋아하는
Solitary

진보적인
Progressive

특이한
Idiosyncratic

화려한
Glamorous

질문하는
Questioning

특징이 없는
Noncommittal

회의적인
Skeptical

최면을 거는
Hypnotic

평범한
Ordinary

침통한
Solemn

현대적인
Modern

• **부정적인 성격·특징**

가식적인
Pretentious

거짓된
False

경직된
Stiff

가학적인
Sadistic

걱정하는
Fearful

계산적인
Calculating

간섭하기 좋아하는
Meddlesome

건강하지 못한
Unhealthy

고압적인
High-handed

갈망하는
Wishful

겉만 번지르르한
Unctuous

고지식한
Prim

감상적인
Mawkish

겉치레뿐인
Meretricious

고집이 센
Willful

강박적인
Compulsive

게으른
Lazy

고통스러운
Agonizing

강철 같은
Steely

경멸하는
Scornful

골칫거리인
Troublesome

거만한
Haughty

경솔한
Frivolous

공격적인
Aggressive

공상적인
Fanciful

공허한
Airy

관점이 좁은
Narrow

관찰력이 떨어지는
Astigmatic

광적인
Fanatical

괴물 같은
Monstrous

교활한
Crafty

군림하려 드는
Domineering

굼뜬
Sedentary

권력에 굶주린
Power-hungry

권위주의적인
Authoritarian

규율 없는
Undisciplined

극단적인
Extreme

근시안적인
Short-sighted

기계적인
Mechanical

기력이 없는
Inert

기만적인
Treacherous

기분 변화가 심한
Moody

기이한
Bizarre

기회주의적인
Opportunistic

긴장한
Tense

깊이 없는
Superficial

까다로운
Difficult

까칠한
Abrasive

나약한
Weak

난폭한
Outrageous

남을 잘 믿는
Gullible

낭비벽이 있는
Extravagant

냉담한
Aloof

냉소적인
Cynical

냉정한
Phlegmatic

너그럽지 못한
Intolerant

논쟁적인
Disputatious

느려터진
Plodding

느린
Slow

당황하게 하는
Disconcerting

도덕관념이 없는
Amoral

독단적인
Dogmatic

독실한 체하는
Sanctimonious

동기부여가
되지 않은
Unmotivated

둔감한
Insensitive

따분한
Dull

따지기 좋아하는
Argumentative

말이 많은
Loquacious

매력 없는
Charmless

멋대로인
Arbitary

멍청한
Stupid

모방적인
Imitative

모욕적인
Insulting

모호한
Vague

목표가 없는
Aimless

몰락한
Ruined

몰인정한
Uncharitable

무감각한
Callous

무관심한
Apathetic

무기력한
Enervated

무례한
Disrespectful

무분별한
Imprudent

무서운
Frightening

무신경한
Uncaring

무지한
Ignorant

무질서한
Disorderly

무책임한
Irresponsible

미신적인
Superstitious

믿을 수 없는
Unreliable

반동적인
Reactionary

반응적인
Reactive

반항하는
Disobedient

방종한
Dissolute

배은망덕한
Ungrateful

범죄자
Criminal

변덕스러운
Fickle

별난
Quirky

병적인
Morbid

보수적인
Conservative

복수심을 품은
Vindictive

부정적인
Negativistic

부정직한
Deceitful

부주의한
Careless

부패한
Venal

분노하는
Resentful

분열을 일으키는
Disruptive

불같은
Fiery

불규칙한
Erratic

불만족스러운
Discontented

불안정한
Unstable

불충실한
Disloyal

불친절한
Unfriendly

불쾌한
Obnoxious

불행한
Miserable

불협화음
Dissonant

비겁한
Cowardly

비난하는
Condemnatory

비도덕적인
Sordid

비밀스러운
Secretive

비사교적인
Asocial

비이성적인
Irrational

비판력이 없는
Uncritical

비판적인
Critical

비현실적인
Unrealistic

비협조적인
Uncooperative

삐뚤어진
Perverse

사기를 치는
Fraudulent

사랑스럽지 않은
Unlovable

사려 깊지 못한
Inconsiderate

사무적인
Business-like

상상력이 부족한
Unimaginative

상상이
지나친
Over-Imaginative

상스러운
Crude

생각 없는
Thoughtless

생각이 뒤죽박죽인
Muddle-headed

생각이 모자라는
Unreflective

서투른
Clumsy

설득력이 없는
Unconvincing

성마른
Brittle

성미가 고약한
Cantankerous

세련되지 않은
Unpolished

소극적인
Passive

소란스러운
Rowdy

소심한
Timid

소유욕이 강한
Possessive

속이 뻔히
들여다보이는
Transparent

속이 좁은
Narrow-minded

솔직하게
말하지 않는
Mealy-mouthed

솔직하지 않은
Devious

수줍은
Shy

순응주의
Conformist

순종적인
Submissive

순진한
Naive

쉽게 낙담하는
Easily Discouraged

쉽게 집중이 흐트러지는
Distractible

신경증에 걸린
Neurotic

신의 없는
Faithless

아둔한
Crass

아첨하는
Fawning

악의적인
Malicious

안달하는
Impatient

안목이 없는
Unappreciative

안일한
Complacent

앙심에 찬
Venomous

야만적인
Barbaric

야심 찬
Grand

약탈적인
Predatory

얄팍한
Shallow

어리둥절한
Bewildered

어리석은
Foolish

억눌린
Repressed

억압당하는
Oppressed

억제되지 않은
Unrestrained

억제된
Inhibited

얼빠진
Vacuous

엉뚱한
Zany

엉망인
Messy

엉성한
Sloppy

여린
Delicate

연약한
Vulnerable

예의 없는
Manner-less

오만한
Arrogant

옹졸한
Petty

완고한
Hidebound

외골수적인
Single-minded

요구가 많은
Demanding

요령 없는
Tactless

우스꽝스러운
Silly

우울한
Melancholic

우유부단한
Indecisive

우쭐대는
conceited

유감스러워하는
Regretful

융통성 없는
Rigid

은밀한
Comfidential

음울한
Gloomy

음침한
Grim

음탕한
Coarse

음흉한
Sly

의도는 좋은
Well-meaning

의례적인
Ritualistic

의욕을 꺾는
Discouraging

의존적인
Dependent

의지가 강한
Strong-willed

의지가 약한
Weak-willed

이기적인
Selfish

인상이 희박한
Unimpressive

인색한
Miserly

인위적인
Artificial

일방적인
One-sided

일차원적인
One-dimensional

자극적인
Provocative

자기 비판적이지 않은
Non-self-critical

자기 의견을
굽히지 않는
Opinionated

자기주장이 강한
Assertive

자기중심적인
Egocentric

자신 없는
Insecure

자아도취적인
Narcissistic

자연스럽지 못한
Mannered

자주 불평하는
Complaintive

잔인한
Brutal

잔혹한
Cruel

잘 잊어버리는
Forgetful

잘못 이해한
Misguided

잠시도
가만있지 못하는
Boisterous

재미없는
Colorless

저능한
Soft-headed

적대적인
Hostile

절조 없는
Unprincipled

정상이 아닌
Crazy

정직하지 못한
Dishonest

제멋대로 구는
Self-indulgent

젠체하는
Pompous

조심스러운
Cautious

주저하는
Hesitant

주제넘은
Presumptuous

지나치게
규칙을 찾는
Pedantic

지나치게 너그러운
Indulgent

지나치게 엄격한
Regimental

직설적인
Blunt

진실되지 못한
Insincere

질질 끄는
Procrastinating

질투가 많은
Envious

짜증을 잘 내는
Irritable

차가운
Cold

착각하는
Mistaken

창의성이 없는
Uncreative

책략을 꾸미는
Scheming

천박한
Tasteless

철없는
Childish

청교도적인
Puritanical

체계적이지 못한
Disorganized

초조한
Anxious

최신 유행을 좇는
Trendy

추잡한
Dirty

충격적인
Disturbing

충동적인
Impulsive

쾌락주의적인
Hedonistic

타산적인
Money-minded

탐욕스러운
Greedy

태만한
Neglectful

터무니없는
Ridiculous

퇴폐적인
Decadent

퉁명스러운
Abrupt

특징 없는
Bland

파괴적인
Destructive

편견이 있는
Prejudiced

편의주의적인
Expedient

편협한
Small-thinking

품위 없는
Graceless

피해망상적인
Paranoid

필사적인
Desperate

허무주의
Nihilistic

헤픈
Profligate

현란한
Flamboyant

현실도피자
Escapist

혐오스러운
Hateful

호기심이 없는
Incurious

호색한
Libidinous

호전적인
Pugnacious

화난
Angry

화를 잘 내는
Irascible

확고부동한
Fixed

훔치는 버릇이 있는
Thievish

흥분을 잘하는
Excitable

부록 2

# 가치 목록

• 긍정적 가치

| | | |
|---|---|---|
| 개방성<br>Openness | 낙관주의<br>Optimism | 성취<br>Achievement |
| 건강<br>Health | 너그러움<br>Generosity | 소통<br>Communication |
| 경쟁력<br>Competitiveness | 도전<br>Challenge | 신뢰<br>Dependability |
| 공정함<br>Fairness | 독립심<br>Independence | 신용<br>Trustworthiness |
| 규율<br>Discipline | 리더십<br>Leadership | 안도감<br>Security |
| 균형<br>Balance | 명료함<br>Clarity | 안정성<br>Stability |
| 기쁨<br>Pleasure | 모험<br>Adventure | 역량<br>Competency |
| 끈기<br>Persistence | 비전<br>Vision | 연민<br>Compassion |
| 끌어당기는 힘<br>Attractiveness | 사랑<br>Love | 열의<br>Enthusiasm |
| 끝없는 배움 또는 성장<br>Continuous learning or growth | 성공<br>Success | 영성<br>Spirituality |

용기
Courage

우정
Friendship

유머
Humor

윤리
Ethics

융통성
Flexibility

자신감
Confidence

자유
Freedom

자존감
Self-respect

정의
Justice

정직
Honesty

존중
Respect

지식
Knowledge

지원
Support

지혜
Wisdom

진실성
Integrity

진정성
Authenticity

창의성
Creativity

책임
Accountability

충성심
Loyalty

친절
Kindness

탁월함
Excellence

투지
Determination

행복
Happiness

헌신
Commitment

호기심
Curiosity

효율성
Efficiency

힘
Strength

- **부정적 가치**

거절
Reject

걱정
Worry

굴욕
Humiliation

낙담
Discouraging

낙심
Despondency

냉소주의
Cynicism

두려움
Fear

명예
Fame

무관심
Disinterested

무기력증
Lethargy

무력감
Helplessness

배척
Ostracism

병
Illness

분노, 격노
Anger, Rage

불안
Anxiety

불평등
Inequality

불행
Misery

비관주의
Pessimism

비난
Condemnation

비애
Sorrow

비통함
Bitterness

비판적 판단
Judgemental

슬픔
Sadness

실패
Failure

엄격함
Rigidity

외로움
Loneliness

우울함
Depression

의심
Suspicion

자기 의심
Self-doubt

적의
Hostility

절망
Despair

좌절감
Frustration

죄책감
Guilt

지위
Status

질투
Jealousy

체념
Resignation

침울
Gloom

침잠
Withdrawal

쾌락
Pleasure

타인 비판
Criticizing others

탐욕
Greed

후회
Regret

부록 3

# 영혼의 상처 목록

납치

누군가의 목숨을 구하는 데 실패함

배신

범죄 피해

부모나 가족, 연인에게 버림받음

부모나 가족, 혈통과 관련된 거짓말

부모나 배우자의 학대나 조종

불치병

사고에서 살아남음

사랑하는 사람의 죽음

사랑하는 이에게 거부당함

사이비에 빠짐

생존을 위해 도덕적 선을 넘음

성폭행

수술

시험 낙방

계속된 실패

어린 시절 방치당함

오랜 간병

오랜 실직 상태

우울증

유산

이혼

임종을 지키지 못함

입양되었다는 사실

자녀의 죽음

자연재해(태풍, 지진, 쓰나미 등)

잔혹한 행위나 범죄를 목격함

전쟁 참전

정신병

종교를 잃음

중독

집단 괴롭힘

짝사랑

친구들과 멀어지거나 친구들을 잃음

합당한 이유로 법을 어김

해고, 파면

해로운 우정

# 추천 도서

## 캐릭터 개발

- 『빌런의 공식』, 윌북, 2022,
  사샤 블랙 지음, 정지현 옮김
- 『인간의 130가지 감정 표현법』, 인피니티북스, 2019,
  안젤라 애커만·베카 푸글리시 지음, 서준환 옮김
- 『캐릭터 만들기의 모든 것 1: 99가지 긍정적 성격』, 이룸북, 2018,
  안젤라 애커만·베카 푸글리시 지음, 안희정 옮김
- 『캐릭터 만들기의 모든 것 2: 106가지 부정적 성격』, 이룸북, 2018,
  안젤라 애커만·베카 푸글리시 지음, 안희정 옮김
- 『무작정 소설 쓰기? 윤곽 잡고 소설 쓰기!』, 인피니티북스, 2014,
  K.M. 웨일랜드 지음, 서준환 옮김

## 이야기 구조

- 『이야기의 해부』, 비즈앤비즈, 2017,
  존 트루비 지음, 조고은 옮김
- 『신화, 영웅 그리고 시나리오 쓰기』 비즈앤비즈, 2013,
  크리스토퍼 보글러 지음, 함춘성 옮김
- Shawn Coyne, Steven Pressfield, 『The Story Grid: What Good Editors Know』

시나리오 쓰기


- 『SAVE THE CAT!』, 비즈앤비즈, 2014, 블레이크 스나이더 지음, 이태선 옮김
- Michael Hauge, 『Screen Plays That Sell』

지은이

사샤 블랙 Sacha Black

베스트셀러 소설가이자 작가들의 글쓰기 선생님. 다양한 작가들을 초대해 창의적인 아이디어와 소설 작법에 관해 이야기를 나누는 '반항적인 작가들을 위한 팟캐스트The Rebel Author Podcast'를 운영한다. 임상심리학자가 되고자 대학교와 대학원에서 심리학을 공부했으나 글쓰기를 더 좋아해 결국 소설가가 되었다. 아마존 베스트셀러에 오른 영어덜트 판타지 소설 『에덴 이스트EDEN EAST』 시리즈와 10여 권이 넘는 작법서를 썼다. 글을 쓰지 않을 때는 지나치게 큰 소리로 웃거나 곰팡내 나는 오래된 책 냄새를 맡거나 LP 레코드를 사 모은다.

옮긴이 정지현

스무 살 때 남동생의 부탁으로 두툼한 신시사이저 사용설명서를 번역해준 것을 계기로 번역의 매력과 재미에 빠졌다. 대학 졸업 후 출판번역 에이전시 베네트랜스 전속 번역가로 활동 중이며 현재 미국에 거주하면서 책을 번역한다.
옮긴 책으로 『자신에게 너무 가혹한 당신에게』 『5년 후 나에게』 『자신에게 엄격한 사람들을 위한 심리책』 『타인보다 민감한 사람의 사랑』 『콜 미 바이 유어 네임』 등이 있다.

어차피 작품은 캐릭터다 ②

# 히어로의 공식

펴낸날 초판 1쇄 2022년 11월 10일

지은이 사샤 블랙

옮긴이 정지현

펴낸이 이주애, 홍영완

편집장 최혜리

편집2팀 홍은비, 박효주, 김혜원

편집 양혜영, 유승재, 박주희, 문주영, 장종철, 강민우, 김하영, 이소연, 이정미

디자인 박아형, 김주연, 기조숙, 윤소정, 윤신혜

마케팅 최혜빈, 김지윤, 김태윤, 김미소, 정혜인

해외기획 정미현

경영 지원 박소현

펴낸곳 (주)윌북

출판등록 제2006-000017호

주소 10881 경기도 파주시 회동길 337-20

전화 031-955-3777 팩스 031-955-3778

홈페이지 willbookspub.com 전자우편 willbooks@naver.com

블로그 blog.naver.com/willbooks 포스트 post.naver.com/willbooks

페이스북 @willbooks 트위터 @onwillbooks 인스타그램 @willbooks_pub

ISBN 979-11-5581-546-5 03800

책값은 뒤표지에 있습니다.

잘못 만들어진 책은 구입하신 서점에서 바꿔드립니다.